NISRINA SRI SUSILANINGRUM

MALAM KETIKA DIA MENEMBAK DIRINYA

[Kumpulan Cerpen]

MALAM KETIKA DIA MENEMBAK DIRINYA
(Kumpulan Cerpen)
Nisrina Sri Susilaningrum
Hak Cipta © Nisrina Sri Susilaningrum

Penyunting: Ikhwanul Halim & Ahmad Maulana S.
Desain Sampul & Tata Letak: Tim Pimedia

Diterbitkan oleh PIMEDIA Bandung
Maret 2021

Untuk

yang

Terkasih.

Sekumpulan Catatan Kematian Penuh Kejut yang Menerbitkan Keheranan

Pada era kejayaannya, ada dua julukan yang diam-diam beredar dan disematkan kepada dua perempuan pegiat literasi Kompasiana-sebuah platform media blog keroyokan terbesar negeri ini: Penulis Sadis dan Penulis Psikopat.

Bila penulis pertama membukukan karyanya dalam Kumpulan Cerita *Mati*, penulis kedua mencoba melampaui ekspektasi, menahbiskan karya-karya tak lazim buatan dirinya dalam sebuah Buku Kumpulan Cerita bertitel *Malam Ketika Dia Menembak Dirinya*.

Ada perbedaan signifikan dari keduanya meski sama-sama berbicara tentang kematian, yaitu pada ritus serta prosesi menuju kematian itu sendiri.

Kesepakatan tak tertulis paling tua mengenai kematian itu sendiri umumnya merujuk kepada simpulan yang relatif serupa, yaitu bahwa mati sesungguhnya memang cuma mati, sesuatu yang sangat tak butuh untuk terlalu dibisingkan.

Namun bila merujuk kepada kisah-kisah yang termaktub dalam Buku Kumpulan Cerita *Malam Ketika Dia Menembak Dirinya* ini, kematian kemudian menjadi tak lagi sekadar kematian. Butuh diributkan, perlu dipertanyakan bahkan menjadi wajib untuk dijadikan semacam hidangan dalam perjamuan—*menuju mati*—dengan berbagai bumbu dan rasa yang lebih tak terjangkau imajinasi.

Benar bahwa tokoh besar dunia umumnya mati sebanyak dua kali: Ketika dimakamkan dan saat kelak dibangun sebagai monumen. Tapi yang lebih kerap terjadi tetap saja mati yang memang hanya mati. Jikapun disisipi tanya, tetap berpokok di kisaran tak berarti seperti tentang berapa lama kemudian akan dikenang setelah mati, dengan cara serta gaya yang bagaimana menuju mati itu serta tanya sejenis lainnya yang masih melulu mengubang-ubang pinggiran kematian, dan bukannya jiwa dari kematian itu sendiri.

"Orang yang sudah mati sangat tidak menyukai gosip, jadi jangan pernah menggosipi kematianku," ucap Mayakovski, penyair berusia 37 tahun, beberapa saat setelah ia menembak dirinya sendiri.

Selamat menikmati sesapan keindahan dalam kumpulan cerita ini, dalam rangkai kisah yang penuh anomali bersama sengat kejut yang memberi banyak heran sebelum akhirnya menerbitkan kefokusan, tentang cara paling sempurna untuk bisa lebih berarti bagi orang lain, dan bukannya lebih bermati untuk sesama.

Pimedia
Ahmad 'Bay' Maulana S

Daftar Isi

Dor!

Balon itu meledak di tangannya, satu ….
Balon yang lain meledak lagi, dua ….
Balon yang lainnya lagi juga meledak, tiga ….

Aku masih mencoba diam. Namun aku tak bisa bertahan lagi ketika badut besar dengan senyum khasnya yang lebar mendekatiku sambil membawa balon. Dia menyuruhku meledakkan sendiri balon warna-warni itu. Dan, bersamaan dengan itu, sebuah lengkingan tinggi keluar dari mulutku, mengagetkan semua orang sebelum semua tak lagi punya bentuk ditelan kegelapan. Satu hal yang pasti adalah: Pesta ulang tahunku kacau!

***

Saat terbangun, aku telah berada di kamarku dengan ayah dan ibu duduk di sisi pembaringan sambil menatap penuh rasa bersalah.

Kau tahu apa yang paling ingin kulakukan saat ini? Rasa-rasanya aku ingin menembaki kepala semua yang hadir di pestaku tadi. Mereka tertawa bahagia, sedangkan aku menahan diri dengan siksaan balon dan badut tadi.

"Kami minta maaf, Nak. Kami tak tahu kalau kau takut balon dan badut." Ayah berkata lembut, berbanding terbalik dengan ibu yang diam menahan isak dengan wajah penuh kekhawatiran, membuatku hanya bisa mengangguk lemah.

***

Aku berlari mendekati ayah dan ibu dengan tangan mungilku yang menggenggam es krim. Setiap Minggu pagi, kami bertamasya ke taman kota, tempat favoritku menghabiskan hari libur. Taman yang selalu ramai dengan pengunjung, keluarga kecil bersama anak-anak mereka.

Dari jauh kudengar suara seperti balon meledak. Namun karena asyik bermain, aku tak begitu memperhatikannya. Aku baru sadar ketika sekelilingku senyap. Mataku tertumbuk pada pemandangan menakutkan yang menghadang tepat di hadapanku, dalam wujud badut besar yang menyeringai sambil menenteng senapan. Pada baju belakang badut tersebut terkait tali yang mengikat balon warna-warni di belakang kepalanya.

Kulihat sekeliling, orang-orang tergeletak bersimbah darah. Mungkin mati, karena tak kudengar rintihan sedikitpun dari mereka, termasuk juga kedua orang tuaku.

Belum lagi kengerianku mengendur, ketika badut di hadapanku kembali menembak sambil berhitung.

Dor!

"Satu ...."

Balon pertama meletus.

Dor!

"Dua ...."

Balon kedua meletus.

Dor!

"Tiga ...."

Balon ketiga meletus.

Kemudian segalanya menjadi amat gulita.

Penghormatan Terakhir

Matanya merah membara, suaranya menggelegar, tak heran bila semua orang takut padanya. Namun tidak denganku, aku sudah muak dengan semuanya. Ibu sudah mati, tak ada lagi yang menghalangiku untuk melawannya.

Balok kayu di tangannya mengayun dengan mantap, tapi aku tak ragu menangkapnya, dan .... Berhasil! Ternyata kebencian yang besar dapat mendatangkan kekuatan tak terkira. Aku yang hanya remaja tanggung dengan tubuh kurus melawan dedengkot preman bertubuh tinggi-kekar.

Kudorong tubuhnya dengan bantuan balok kayu yang masih dia genggam. Sempat kulihat wajahnya terkesiap, tidak menyangka sosok serupa diriku dapat melawan kekuatan yang selalu dia bangga-banggakan.

Dengan sekali hentak, kurebut balok kayu itu dan kubuang jauh-jauh.

"Terimalah ini sebagai tanda hormatku kepadamu, Ayah!"

Kuda-kuda kumantapkan, kepalan tanganku meluncur deras ke ulu hatinya.

Lelaki itu terjerembab tak bangun lagi. Aku melangkah perlahan keluar terminal, meninggalkan tatap jeri di wajah kambrat-kambrat preman itu.

***

Senja kelabu. Sejauh mata memandang, semuanya hanya abu.

Pada onggokan tanah merah yang masih basah itu aku bersimpuh. Diam. Khusyuk. Sebuah kediaman dan kekhusyukan yang panjang serta amat mendalam.

Kuraba perlahan tonggak kemuning di ujung gundukan. Butiran bening menitik dari mataku seiring doa sepenuh hati yang kulantunkan untuknya.

"Maafkan aku, ibu, aku telah menjadi angin yang menentang badai ...."

Dalam temaram senja kutinggalkan nisan bertanah basah itu. Langkahku penuh. Gagah walau lelah, sebab membalas dendam pada sosok yang pernah menjadi perantara kehadiranku di dunia jelas bukanlah sesuatu yang pantas untuk dibanggakan.

Aku adalah pemenangnya. Sebuah kemenangan yang entah mengapa terasa begitu kalah.

Maut Menari di Minimoto

"Rin, tolong kau selamatkan bukti-bukti yang ada dalam rumah lalu menyingkirlah sejauh-jauhnya!"

Aku tak bisa berkata-kata, pikiran dan jasadku seperti tak lagi terkoordinasi.

"Lekas, Rin! Tolong mereka, hanya kamu yang bisa kuandalkan!" sentaknya seraya melesat menuju sumber ledakan.

***

Lengking keras merobek kedamaian pagi di Pulau Minimoto, membuatku bersicepat keluar kamar sambil membawa peralatan fotografi andalanku.

"Mengapa kondisinya seburuk ini?" bisikku usai mengambil gambar. Kondisi Pak Koto sungguh mengenaskan.

"Gejalanya mirip keracunan logam berat," terang paman dengan suara rendah. Beliau meminta sampel ikan hasil melaut milik Pak Koto untuk diteliti.

Sigap kucatat semua data, mulai dari latar belakang Pak Koto sebagai nelayan hingga peristiwa mengerikan ini terjadi, sebelum akhirnya kami berpamitan.

***

Esoknya, pagi sekali paman mengajakku mendaki bukit yang terletak di sebelah Timur pulau. Deretan bukit yang berbaris acak membentuk pagar alam menambah terpencil letak pulau, yang memeang memiliki garis kontur yang tak ramah. Dari ketinggian kulihat banyak lubang raksasa yang ditutup secara serampangan.

"Lubang-lubang itu bekas apa?" tanyaku penasaran.

"Tambang emas," jawab paman singkat dengan wajah prihatin, membuat keningku mengernyit. *Pulau ini benar-benar mengandung emas seperti desas-desus yang banyak dihembuskan itu?*

"Rin, semua yang menurutmu mencurigakan langsung dokumentasikan saja."

"Termasuk helikopter yang tak henti berseliweran itu?"

Paman mengangguk. "Mereka mengangkut emas dari PT Sico ke pusat."

PT Sico? Gedung besar yang ada di ujung pulau ini?

"Pabrik yang belum genap setahun berdiri," terang paman, "dengan izin AMDAL yang masih bermasalah."

"Usahakan tulisan di lambung helikopter terekam jelas, Rin," instruksi paman, membuatku bertambah penasaran. Termasuk pengambilan dokumentasi pagi ini yang dilakukan secara sembunyi-sembunyi. Aku mencium gelagat buruk dari keseluruhan kejadian dalam pulau ini meski semuanya masih terlalu samar.

"Kita mampir ke rumah Tetua Desa dulu," bisik paman memberi isyarat menuruni bukit.

Setibanya di sana, paman langsung terlibat percakapan serius dengan Tetua Desa serta beberapa sesepuh, yang sepertinya memang sengaja melakukan pertemuan. Memperbincangkan tentang kualitas air di teluk.

Pembicaraan berlangsung cukup lama hingga akhirnya Tetua Desa menyampaikan sesuatu yang membuat semua langsung merasa murung. Tentang mimpi yang terus menghinggapi beliau, berkaitan dengan desa dan seluruh pulau. Rangkaian mimpi mengerikan ketika desa mendadak diliputi kabut gelap dan jerit tangis penduduk pada suatu pagi.

Tak ada yang berani meremehkan ucapan Tetua Desa, karena beliau dipilih kabarnya justru berdasarkan kepekaan batiniahnya yang amat tinggi.

Mimpi buruk yang diceritakan beliau membuat kami semua terdiam. Hingga kami pamit, tetap saja suasana masih terasa murung.

***

Akhirnya pagi yang ditakutkan itu tiba. Pagi ketika burung-burung tak lagi berkicau. Pagi ketika hewan-hewan tak lagi bisa bersuara. Semuanya kejang, lumpuh, lalu mati. Gejala awal yang menunjukkan kemiripan dengan yang dialami Pak Koto.

Mungkinkah ini pertanda awal dari mimpi Tetua Desa, tentang bencana besar yang akan menerjang ke desa ini?

Paman semakin murung dan kerap tak keluar dari ruang kerja sama sekali. Dugaanku, beliau tengah berusaha memecahkan misteri kematian hewan yang terjadi di sekitar pantai dan desa.

"Rin, lekas kumpulkan semua data yang kita dapat dari bukit waktu itu, jangan sampai ada yang terlewat!" ucap Paman secara mendadak dengan wajah keruh. Beliau memintaku untuk menyalin semuanya ke laptop serta memecah dalam beberapa penyimpanan eksternal sebagai back up.

"Ini penyebab semua hewan lumpuh dan mati, persis dengan yang Pak Koto alami," tunjuk paman pada tabung kecil-kecil berisi cairan, yang kuketahui sebelumnya diambil dari teluk.

"Tercemar merkuri jauh di atas ambang batas yang diperbolehkan." Penjelasan paman benar-benar mengagetkanku.

"Pencemaran lingkungan berat," desisku spontan.

"Nasib Pak Koto akan berakhir sama dengan hewan-hewan tersebut." Suara paman terdengar berat.

* * *

"Paman, bukankah itu helikopter yang biasanya pulang pergi dari PT. Sico?"

Paman tak menjawab, wajahnya terlihat ragu dan berpikir keras.

"Sepertinya ada yang janggal. Jalur penerbangan mereka melenceng jauh hingga melintasi perkampungan, dan bukannya langsung menuju jalur pabrik seperti biasa."

Kening kami sama-sama berkerut. Curiga. Ada kilasan mengerikan melintas dalam benak dan membuat was-was. Sayangnya, semua telah menjadi begitu terlambat.

Tak butuh waktu lama untuk kerut kening kami berjawab. Bukan oleh kata-kata, melainkan lewat jerit tangis penduduk berlatar suara ledakan dahsyat hingga membuat tanah yang kami pijak serasa diguncang gempa.

"Bajingan!" rutuk paman sambil menekan gawai berkali-kali.

"Jim, kau benar-benar manusia keparat!"

"Jangan terlalu naif, Man. Kau tentu paham jika perusahaan tidak mungkin mau kehilangan tambang emasnya, hanya karena wabah menjijikkan seperti itu."

"Jangan pura-pura bodoh, Jim, wabah itu kalian yang menciptakannya!"

"Tak peduli, Man. Yang mereka inginkan, pabrik harus steril dari gangguan apapun ... termasuk urusan wabah tak penting itu."

"Tapi mengapa harus dengan cara membunuh mereka semuanya?"

"Tak ada jalan lain. Lagipula, pulau amat jarang diperhatikan, jadi sejauh ini cukup aman."

"Kalian semua manusia biadab berhati iblis!" Suara paman serupa raungan, murka sekaligus terluka. Tapi suara yang dipanggil Jim itu justru memperdengarkan bahaknya yang paling lantang, membuat paman tersadar tak ada gunanya mengumbar amarah sia-sia terhadap makhluk keji seperti Jim dan komplotannya. Yang dibutuhkan saat ini adalah tindakan nyata.

"Rin, tolong kau selamatkan bukti-bukti yang ada dalam rumah lalu menyingkirlah sejauh-jauhnya. Aku akan membantu warga!"

Aku tak bisa berkata-kata, pikiran dan jasadku seperti tak lagi terkoordinasi.

"Lekas, Rin! Tolong mereka, hanya kamu yang bisa paman andalkan saat ini!" sentak paman seraya melesat menuju sumber ledakan, membuatku tergeragap dan berpacu menuju rumah. Aku berlari sambil menangis, tak percaya apa yang sesungguhnya tengah terjadi.

Kukemasi seluruh catatan penelitian paman dalam kotak hitam seperti instruksi yang diberikan, menyambar alat kerja andalanku, meski laptop akhirnya kuabaikan karena terlalu berat.

Baru saja aku menjejakkan kaki ke luar rumah ketika asap pekat bercampur debu mengepul melebihi pucuk pohon bersamaan dengan ledakan beruntun. Napasku sesak, begitu pula jarak pandangku yang menjadi sangat terbatas. Hanya jerit tangis dan ratap kesakitan susul-menyusul menggiriskan telingaku.

Di mana paman? Aku harus ke mana sekarang?

Kularikan kaki secepat mungkin menuju bukit tempat biasa aku mendaki bersama paman. Pikiranku hanya satu: Menjauhi desa!

Tanpa memedulikan apapun, aku menerjang ke depan dengan membabi buta. Tersuruk dan jatuh berkali-kali imbas tanah yang terus bergetar setiap beberapa detik.

Berhasil!

Dari puncak bukit tempatku berdiri kulihat melintas helikopter berlogo Sico masih mondar-mandir di atas desa. Instingku bermain. Langsung mengabadikan semua kejadian.

Saat tombol zoom kutekan itulah nuraniku menjerit, tersadar bahwa helikopter yang ramai beterbangan itu tengah menjatuhkan bom di atas desa. Batinku terguncang, sulit untuk mempertahankan kesadaran yang kupunya. Samar masih kudengar jerit memilukan dari arah desa, sebelum semua berubah senyap.

****

Menjelang senja aku siuman. Tak kulihat lagi helikopter berputar di atas desa. Hanya tersisa lubang serta puing gosong yang terserak di mana-mana dengan asap pekat sangit yang masih mengepul ke langit.

Dengan hati yang amat gentar kupaksakan diri memasuki desa, yang ternyata tak menyisakan apapun lagi selain mayat berpencaran di sana-sini dengan jasad yang tak lagi utuh. Tak ada satupun lagi yang tersisa. Sepertinya mereka memang berencana untuk melumat seluruh warga beserta desanya sekaligus!

Aku belum mau menyerah, lebih meningkatkan kewaspadaan kala menyisir timbunan mayat yang tak lagi berbentuk. Akhirnya paman berhasil kutemukan, tengah tersandar pada sisa dinding rumah. Wajah beliau berlepotan debu dan darah. Begitu pula tubuhnya, penuh luka yang tidak ringan.

"Pamaaaaan ...!"

Kuraba nadinya, masih ada detak meski amat lemah.

"Rin ...." Tiba-tiba paman berbisik, lebih terdengar serupa merintih.

"Paman jangan banyak bicara dulu, aku akan mencari pertolongan," cegahku.

Paman menggeleng samar, kembali merintih.

"Sabtu ada jadwal kapal yang mendarat di pulau, gunakan sekoci yang biasanya," sengal paman.

"Aku tak mau meninggalkan Paman," protesku sambil berusaha membopong tubuh yang kuhormati itu.

"Mereka tak akan berhenti sampai di sini, akan ada tim sapu bersih untuk memastikan tak ada lagi warga yang hidup," jelas paman dengan napas semakin payah, membuatku begitu terkesiap.

"Salahku terlalu percaya pada teman ... hingga laporan yang kuberikan ke mereka justru membuat seluruh warga dan desa dibumihanguskan ...."

"Paman, aku masih berharap ini semua cuma mimpi," ratapku.

"Sembunyi, jangan sampai tertangkap. Juga jangan percaya kepada siapapun," suara paman semakin lirih sebelum akhirnya bibir itu mengatup untuk selamanya.

Kupandangi sosok itu untuk yang terakhir kali, sebelum akhirnya aku mulai berlari. Tujuanku hanya satu, hutan terdekat dari teluk, agar mudah menyusup ketika kapal datang.

Apa yang dikatakan paman ternyata terbukti. Dari persembunyianku, kulihat serombongan pria bersenjata dengan tubuh tegap, datang dalam sunyi. Aku tak ingin tahu apa yang mereka lakukan, tapi bagaimanapun juga aku masih punya telinga. Kudengar dari kejauhan salak senjata bertubi-tubi yang disusul suara erangan pedih silih berganti.

Inikah wajah yang sebenarnya dari negeriku tercinta? Siapa kini yang harus kupercaya?

Sejarak waktu tiga jam lamanya rombongan monster berkepala manusia itu kembali menuju sekoci. Tapi jumlahnya berkurang, dan itu berarti ada yang sengaja tinggal untuk berjaga-jaga di sekitar desa, membuatku harus ekstra waspada.

Sabtu akhirnya tiba. Tapi sebelum pergi, kuberanikan diri untuk kembali ke perkampungan.

Begitu terkejutnya aku mendapati perkampungan telah benar-benar bersih tanpa satupun mayat yang tersisa. Bulu kudukku kian meremang. Apakah mereka makhluk berjenis sama denganku, hingga sebegitu jauh melakukan segala cara, untuk menutupi perbuatan biadabnya?

Tanpa menoleh lagi segera kuberlari menuju teluk. Kutarik sekoci milik paman yang telah kusiapkan untuk kemudian mulai mendayung penuh kehati-hatian.

***

Rumahku istanaku!

Akhirnya aku kembali. Tapi satu hal yang pasti, aku bukanlah aku yang dulu. Gadis yang berangkat dengan ceria itu kini hatinya telah penuh lubang di sana-sini.

Aku tak punya banyak waktu untuk bernostalgia dengan perasaan, harus segera bertindak!

Satu yang paling kuingat dari pesan paman adalah: Jangan percaya pada siapapun!

Terpaksa cara ini yang aku pilih, mengunggah data dan video ke media sosial dengan akun palsu dari lokasi warung internet terjauh dari domisiliku. Tentu saja setelah sebelumnya tak lupa kudandani wajah dan penampilan sesamar mungkin namun tetap terlihat wajar.

Aku juga mengirim *email* kepada presiden sesuai alamat daring yang diberi oleh paman meski aku ragu apakah orang nomor satu itu kelak membacanya atau tidak. Atau jikapun membaca, akankah ada perbedaannya, jika mengingat semua melibatkan pihak yang cukup dekat dengan lingkaran elite dirinya?

Yang pasti, aku ingin perusahaan biadab itu bertanggung jawab, walau jika untuk itu harus ditukar dengan kebebasan bahkan juga nyawaku!

Akibat dari postingan yang kuunggah membuatku harus selalu berpindah tempat. Upaya berjaga dari semua kemungkinan terburuk yang berpotensi membahayakan diriku. Bukti asli kusembunyikan di tempat yang kurasa paling aman meskipun sebenarnya penuh pertaruhan karena kulakukan berdasarkan logika terbalik. Juga jangan pernah berharap dapat mengorek keterangan dariku, karena sampai matipun aku tak akan mengatakannya. Bahkan jika perlu akan kupotong lidahku sendiri!

Lamat kudengar *news anchor* dari televisi warung di seberang jalan:

"Sebuah video baru saja diunggah Akun Bayangan tentang pencemaran lingkungan logam berat merkuri di Teluk Minimoto. Yang paling mengerikan adalah cara penyelesaian masalahnya, yaitu dengan cara membumihanguskan Teluk Minimoto beserta seluruh warga yang tinggal di dalamnya. Apakah nyawa manusia telah menjadi semurah ini, hanya demi emas dan kepentingan segelintir orang?"

Kulihat sekilas, orang-orang terkesima dengan video yang aku unggah. Mayat berserpihan, maut bertebaran, juga sangit kebiadaban dari *angle* paling pilu yang pernah kurekam, sebelum akhirnya tak kupedulikan lagi semuanya.

Paman, tugasku sudah selesai. Kini aku harus mulai berlari.

Namaku, Ahmad

Dua minggu kemudian, aku memergoki Si Mata Biru di belakang padepokan. Aku curiga karena dia berjalan mengendap-endap menuju perigi. Ketika kudekati, ternyata dia sedang berwudu. Aku tercengang.

***

"Ada mayat ...! Ada mayat ...!" teriak Tejo, salah satu santri di padepokan kami.

"Mayat? Di mana, Jo? Pasti kamu salah lihat," ujarku.

Tejo menggeleng keras. Sambil terengah-engah dia bercerita ketika hendak mengambil air di sungai, mayat lelaki itu ditemukannya tertelungkup di atas batu.

"Lebih baik segera bawa ke padepokan," ucap Kyai Sholeh, guru kami.

Bersama empat santri baru segera kulaksanakan perintah Kyai. Di sungai yang lumayan deras itu memang ada sesosok tubuh tertelungkup di atas batu. Namun saat badannya kubalik, ternyata dia masih hidup! Walau memang detak nadinya terasa begitu lemah.

Setibanya di padepokan, kuamati sosok yang baru saja kutolong tersebut. Sepertinya bukan pribumi. Kulitnya putih bersih, ada beberapa luka robek di perut, dada, dahi, dengan luka memar paling besar pada bagian dada. Wajahnya khas, hidung mancung paruh burung dengan rambut ikal panjang sebahu berwarna kelabu. Dugaanku, umurnya tak lebih dari dua puluh lima.

Dari sakunya kutemukan sebuah jam rantai yang terbuat dari emas dengan ukiran di bagian belakang terbaca

Eduardo van ... entah apa tak jelas. Kyai Sholeh memerintahkan kami untuk merawatnya dengan sebaik mungkin.

Esok harinya, dia siuman. Mata birunya terbuka, dia terlihat bingung. Kami segera melapor pada Kyai.

"Selamat datang di padepokan kami, Tuan. Entah Tuan mengerti bahasa kami atau tidak, tapi selama Tuan belum sembuh, tinggallah di sini," ucap Kyai Sholeh hati-hati.

"Terima kasih, Tuan, errr ...."

"Kyai Sholeh," ucapku spontan berbarengan suara para santri dengan perasaan agak takjub, karena ternyata si mata biru itu mengerti bahasa kami.

"Terima kasih, Tuan Kyai Sholeh," Si Mata Biru mengulang dengan logat kaku dan cedal, membuat kami tertawa mendengarnya.

Entah musibah apa yang menimpa, agaknya Si Mata Biru hilang ingatan. Setiap kali Kyai bertanya asal-usulnya, Si Mata Biru selalu menggeleng. Begitu pula ketika Kyai menunjukkan jam rantai miliknya, Si Mata Biru hanya memandangi, membolak-balik lalu termenung menatap ukiran serupa nama yang tertera di bagian belakang jam rantai tersebut.

"Baiklah, kalau Tuan memang tak ingat diri sendiri, aku yang akan memberi nama, agar memudahkan dalam berkomunikasi. Bagaimana?" tanya Kyai.

Si Mata Biru mengangguk.

"Kalau begitu, aku akan memanggilmu Tuan Ahmad."

"Terima kasih, Tuan Kyai," ucap Si Mata Biru.

"Jangan panggil Tuan, aku tidak biasa mendengarnya," ujar Kyai Sholeh.

"Baiklah, saya juga tidak Tuan," balas Si Mata Biru.

Kyai Sholeh tersenyum.

"Baiklah, Ahmad."

Kami semua tersenyum.

Hari-hari berikutnya kami isi dengan merawat Si Mata Biru sampai sembuh. Karena tinggal bersama, lambat laun Si Mata Biru hafal dengan kegiatan padepokan kami. Diawali dengan tahajud di sepertiga malam terakhir lalu berlanjut dengan tilawah hingga azan Shubuh tiba. Usai Shubuh berjemaah, bersama kami dengarkan taushiyah Kyai Sholeh hingga matahari sepenggalah, untuk kemudian kami lanjutkan dengan melaksanakan salat duha.

Usai Duha, tibalah saat yang paling dinanti-nantikan. Dari santri baru hingga santri senior semua turun ke halaman untuk memperdalam ilmu kanuragan hingga menjelang Zuhur.

Si Mata Biru mengikuti seluruh kegiatan kami dengan penuh antusias. Kyai Sholeh memang membebaskannya untuk turut serta dalam seluruh kegiatan yang diselenggarakan padepokan.

Sebenarnya aku agak curiga terhadap Si Mata Biru. Memang tak ada yang aneh dalam gerak-geriknya. Hanya saja Si Mata Biru seperti mengesankan terlalu serius dalam mengamati semua kegiatan padepokan tak ubahnya telik sandi yang tengah bertugas menyelidiki.

Hingga dua minggu kemudian secara tak sengaja kupergoki Si Mata Biru di belakang padepokan. Kecurigaanku bertambah tebal karena Si Mata Biru berjalan mengendap-endap, menuju ... perigi?

Ketika kudekati, ternyata Si Mata Biru sedang berwudu. Aku tercengang.

"Kau sedang apa, Ahmad?" tanyaku dengan penuh rasa heran.

"Errr ... saya sedang, errr ... belajar berwudu, Han," jawab Si Mata Biru malu-malu.

"Kamu serius?" tanyaku lagi semakin heran.

Si Mata Biru mengangguk mantap.

"Kalau begitu, kita harus menemui Kyai," ucapku cepat.

"Tapi ...."

Tanpa memedulikan wajahnya yang kaget serta kalimatnya yang menggantung, sontak kugamit lengannya menuju ruang dalam padepokan.

"Han, apa salahku? Mengapa harus menemui Kyai? Maksudku, aku, errr ..." suara Si Mata Biru mulai bernada khawatir.

***

"Islam bukan agama main-main, Ahmad. Kalau memang kamu mantap memilih Islam, ucapkanlah dua kalimat syahadat."

Hening sejenak.

"Mungkin maksudmu, kau akan menghadap kepadaku kalau sudah mahir semua hal. Namun Islam tidak seperti itu. Semua ada ilmunya, dan kau butuh guru menuju ke sana. Karena jika kau keliru dalam mempelajari Islam, kau berdosa, misalnya salah membaca Alquran atau salah menafsirkan Hadits. Itu yang harus kau pahami," ujar Kyai Sholeh lembut.

Si Mata Biru terlihat mengangguk.

"Sekarang terserah kepadamu kau mau masuk Islam atau tidak. Kalau mau, secara otomatis konsekuensi, tanggung jawab, hak serta kewajiban sebagai umat Islam akan langsung tersemat di pundakmu."

* * *

Pembacaan syahadat itu disaksikan oleh seluruh santri. Wajah Si Mata Biru terlihat amat terharu. Ketika dia mencium tangan Kyai Sholeh, sepertinya aku melihat setitik air jatuh dari matanya.

Aktivitas padepokan kembali seperti biasa.

Malam ini rembulan memasuki fase purnama, aku tak bisa tidur. Padepokan sepi, para santri telah masuk ke kamar masing-masing. Dari arah belakang sayup kudengar seseorang sedang tilawah. Lagunya bagus, terasa sekali usahanya untuk membaca secara tartil.

Kucoba mengintip, dia duduk di ujung terjauh serambi belakang, mungkin agar orang lain tak mendengar.

Subhanallah, ternyata dia adalah Si Mata Biru!

Aku sempat terbengong. Aku tahu Si Mata Biru memang belajar dengan sangat keras. Kelemahan terbesarnya adalah dia tidak bisa membaca ro' dengan baik, tapi aku sungguh salut atas usahanya yang habis-habisan itu, seakan hendak mengejar semua ketertinggalan dalam waktu sesingkat mungkin!

Ah, aku tak mau mengganggunya. Biar saja dia bermesraan dengan Tuhannya. Kulihat lagi titik bening itu jatuh dari matanya. Semoga Allah meridaimu, wahai saudaraku.

Di kamar, masih ada sisa tegun dalam benak, tak menyangka bahwa ternyata ada juga sosok asing seperti Si Mata Biru yang mencintai Islam hingga seperti itu. Padahal, dulu waktu pertama kami menemukan tubuhnya, dalam benakku sempat terbersit, jangan-jangan dia mata-mata Belanda. Tapi melihat kenyataan sekarang, aku jadi malu sendiri. Aku tak mempunyai semangat sebesar dia untuk belajar.

***

"Ahmad hilang …!" teriak Minto, teman sekamar Si Mata Biru.

Seluruh padepokan geger. Kami semua mencari sosok itu hingga ujung desa serta pinggir sungai yang biasa dia kunjungi, namun semuanya nihil.

Kami terduduk lesu di serambi depan padepokan. Sama sekali tak ada jejak Si Mata Biru di mana-mana. Di kamarnya, baju dan barang-barangnya masih tersimpan rapi. Jam rantainya masih pula tergeletak di meja tempat dia biasa mengaji.

Para santri murung. Semua merasa kehilangan. Si Mata Biru memang sosok yang menyenangkan.

"Kalau memang Ahmad berjodoh dengan kita, dia pasti kembali," ucap Kyai Sholeh mencoba menenangkan.

***

Di sebuah ruangan luas dan mewah yang salah satu dindingnya berhiaskan potret Ratu Juliana, dua lelaki tengah berhadapan dengan cukup tegang. Mereka hanya terpisah meja kerja dari kayu jati berukiran indah.

Berada tepat di bawah potret Ratu adalah seorang Asisten Gubernemen, Pieter van de Klerk. Di seberangnya lelaki berambut kelabu ikal sebahu dengan mata sebiru telaga.

Ya, dialah Ahmad.

"Kau gila, Do! Ratu hanya memintamu untuk memata-matai Kyai Sholeh, dan bukannya malah masuk Islam segala macam," kecam Asisten Gubernemen.

Ahmad diam.

"Bukankah Ratu hanya menginginkan informasi tentang Kyai Sholeh yang dianggap berbahaya itu, juga dugaan akan gerakan bawah tanah yang dilakukannya?"

Ahmad masih diam.

"Lalu, bagaimana laporanmu setelah beberapa bulan menyusup di sana?"

Barulah Ahmad bicara,

"Sebenarnya saya kemari hanya untuk melakukan dua hal. Pertama, untuk melaporkan bahwa tidak ada apa-apa di padepokan. Kyai Sholeh hanya seorang pemimpin padepokan yang sehari-harinya mengajar membaca Alquran, Hadits dan sedikit olahraga. Dia keluar padepokan hanya untuk urusan dagang di Kotapraja," Ahmad menghela napas sejenak sebelum kembali melanjutkan. "Kedua, saya datang untuk pamit."

Penjelasan Ahmad membuat kening Asisten Gubernemen berkerut.

"Kau benar-benar berubah. Inikah Eduardo van der Schueren, Sang Panglima Perang Gagah Perkasa, yang dulu selalu ada di garda depan untuk memerangi para inlander?" ledek Asisten Gubernemen.

Namun Ahmad hanya tersenyum tipis.

"Segala sesuatu memang harus berubah, apalagi jika itu untuk menjadi lebih baik."

"Jadi maksudmu, selama kau bersama kami tidak baik, dan sekarang kau bersama mereka menjadi lebih baik?" Asisten Gubernemen menggebrak meja penuh amarah, namun Ahmad benar-benar tak terprovokasi, hanya mengangkat satu tangannya secara tegas.

"Saya hanya ingin bertanya, untuk apa kita di sini? Ini negara milik mereka, kita memiliki negara sendiri yang tak kalah indah. Lantas, untuk apa kita di sini merecoki mereka yang hidup tanpa banyak berprasangka jahat? Aku yang berpenampilan seperti ini pun tidak sekalipun dicurigai sebagai penyusup dan diperlakukan sama seperti lainnya. Masihkah kita akan terus menghisap mereka?"

Asisten Gubernemen langsung terdiam.

"Baiklah, mungkin sudah saatnya saya pamit."

"Tapi, Do, masih banyak yang harus kau laporkan, juga berkas yang mesti kau isi sebagai pernyataan resmimu terhadap Ratu nanti."

"Ratu jauh lebih memahami saya. Tolong sampaikan saja salam saya kepada beliau, saya sudah menemukan apa yang saya cari selama ini. Dan satu lagi, nama saya Ahmad."

***

Kami sedang latihan olah kanuragan ketika seseorang membuka gerbang padepokan. Dari jauh yang terlihat adalah seragam khas Tentara Kerajaan Belanda. Kami segera berlari mengepungnya. Hanya saja ketika semua sudah dekat, kami semua justru terpana.

"Ahmad?" ujar seorang santri senior.

"Ya. Assalaamu alaikum …."

Kami menjawab salam agak ragu. Kemudian sunyi. Hanya tersisa mata yang bertukar pandang penuh tanda tanya.

"Ternyata kau menipu kami, Ahmad, atau siapa kau sebenarnya?" ujar santri senior tadi.

"Maafkan, saya benar-benar tidak bermaksud seperti itu. Errr ... bolehkah saya bertemu Kyai?" tanya Ahmad.

Sunyi. Tak ada yang berani menjawab, karena dengan seragam seperti itu meskipun sonder senjata, tetap saja kami semua mengkhawatirkan guru kami.

"Boleh." Tahu-tahu Kyai Sholeh menjawab dari belakang kami dengan lembut.

"Tapi, Kyai ...." protes kami hampir bersamaan.

"Apakah kalian tidak percaya terhadap saudara kalian sendiri?" Kyai Sholeh tersenyum mafhum, "Atau ... kalian sudah tidak percaya lagi padaku?"

***

Di kamar Kyai, kulihat Si Mata Biru berdiri dekat pintu. Ya, aku memang penasaran, aku selalu penasaran dengan segala yang berhubungan dengan Ahmad. Di sinilah aku kini, mengintip dari lubang di bawah jendela kamar Kyai. Aku tak peduli jika kepergok santri lain tengah menguping pembicaraan. Aku hanya ingin tahu apa yang akan dilakukan Ahmad, juga berjaga-jaga atas segala kemungkinan yang berpotensi terjadi.

"Kyai, inilah saya yang sebenarnya. Saya ...." Belum lagi selesai kalimat Si Mata Biru ketika Kyai Sholeh mengangkat tangan tanda meminta berhenti.

"Aku sudah tahu semuanya, Ahmad. Kau pergi ke mana, bertemu dengan siapa, bicara apa saja, aku tahu. Tak perlu kamu berbusa menjelaskannya."

Si Mata Biru tertunduk.

"Apakah selama ini Kyai juga sudah tahu sejak awal kedatangan saya dulu?"

Kyai Sholeh mengangguk.

"Saya bukan anak kemarin sore yang hanya melihat dengan mata wadagnya, Nak."

Si Mata Biru terduduk, dia bersimpuh.

"Jadi, Kyai sudah tahu untuk apa saya kembali?"

Kyai Sholeh mengangguk lagi.

"Karena kau sudah menemukan apa yang kau cari selama ini."

Si Mata Biru menangis seraya bersujud di kaki Kyai Sholeh namun di tahan oleh beliau sambil menepuk bahu Si Mata Biru.

"Terima kasih telah memilih padepokan kami, Ahmad."

"Saya yang seharusnya berterima kasih, Kyai …."

Si Mata Biru semakin larut dalam tangis.

****

Salak senjata menyentak keheningan siang padepokan kami.

"Buka pintunya, kowe orang inlander! Serahkan itu Kyai Sholeh, atau padepokan ini kami hancurkan!"

Belum sempat kami melakukan apapun ketika gerbang padepokan terdobrak, bersamaan dengan membajirnya tentara Belanda menyerbu ke dalam.

"Han, tolong ungsikan Kyai Sholeh! Aku yang akan menahan mereka!" teriak Si Mata Biru di antara desingan peluru.

Aku yang masih berdiri terpaku, langsung melesat ke dalam padepokan. Kyai Sholeh telah diborder lima santri yang paling senior.

"Kyai harus segera pergi, gerbang padepokan sudah jebol!" ucapku sambil terengah-engah.

"Duduklah dulu, Han." Kyai Sholeh menanggapi tenang

"Tapi Kyai ...."

Beliau mengisyaratkan aku untuk duduk.

"Segala sesuatu tidak bisa diputuskan dengan terburu nafsu, Han."

Aku hanya diam, Kyai terlihat tenang. Sama sekali tak ada kilat ketakutan meski padepokan ini telah dikepung serdadu Belanda.

"Para santri bertaruh nyawa, sedangkan saya dengan tenangnya pergi begitu saja. Orang macam apa aku, Han?"

"Tapi, Kyai, keselamatan Kyai lebih penting. Negeri ini membutuhkan sosok seperti Kyai. Kalau sampai tertangkap ...."

Tangan Kyai terangkat.

"Sudahlah, mari kita tunggu saja apa mau mereka."

***

Pasukan Belanda mulai banyak berkurang, tetapi para santri juga mulai kewalahan. Kami kalah jumlah, sebelum situasi mengalami perubahan kembali bersama teriak sedih bercampur kemarahan.

"Ahmad tertembak ...! Ahmad tertembaaak ...!"

Pertempuran langsung berhenti, pimpinan pasukan Belanda terdiam canggung melihat tubuh Ahmad digotong santri beramai-ramai.

"Pasukaaan ... mundur!" teriak pimpinan serdadu Belanda. Semuanya tertegun, utamanya pasukan Belanda, karena mereka belum berhasil menangkap Kyai tetapi tiba-tiba diperintahkan mundur. Sesuatu yang jarang terjadi.

Padepokan sepi, segalanya porak-poranda termasuk ketenangan kami. Santri yang meninggal dan terluka segera dibawa ke aula.

Si Mata Biru masih terlihat bernapas, Kyai Sholeh duduk mendampingi.

"Kyai, saya mohon maaf. Karena saya padepokan jadi porak-poranda."

Kyai Sholeh menggeleng.

"Jangan banyak bicara, lukamu akan semakin parah."

Si Mata Biru menggeleng lemah,

"Jika ada Tentara Kerajaan mencari saya, tolong berikan jam rantai emas ini. Titip salam untuk Ratu."

***

Lima hari kemudian, utusan Kerajaan Belanda benar-benar datang. Wajahnya mirip dengan Ahmad, namun rambutnya pirang dan berpostur lebih tinggi sedikit. Dia mengenakan seragam lengkap juga sonder senjata, menandakan kedatangannya bukan untuk berperang.

"Saya diutus Ratu untuk mengambil jenazah Tuan Eduardo."

Kami semua terdiam, tak rela menyerahkan Ahmad meski hanya jasadnya. Hingga akhirnya Kyai Sholeh sendiri yang menanggapi.

"Kami selalu menghormati pahlawan kami. Siapapun yang membela padepokan, akan dimakamkan di tempat ini dengan layak. Jadi, mohon maaf, kami tidak bisa memenuhi keinginan Ratu. Hanya saja ada titipan dari Ahmad untuk diserahkan kepada Tuan."

Kyai mengambil jam rantai emas milik Ahmad dan menyerahkannya kepada utusan Ratu Kerajaan Belanda itu, yang anehnya malah tercengang dengan raut wajah berubah hebat.

Agak lama juga jeda yang tercipta buah penyerahan pesan dari almarhum, hingga akhirnya Utusan Ratu Belanda itu kembali mampu menguasai diri meski tetap terlihat kilas air di sudut mata miliknya.

"Edo adalah prajurit terbaik kesayangan Ratu. Jika sampai Edo memilih mati demi membela tempat ini, Ratu meyakini ada alasan kuat untuk itu, tapi tidak dengan diri saya sendiri." Wajah utusan Ratu Belanda kembali sedih. "Tapi setelah melihat jam ini, saya akhirnya mengerti semuanya. Terima kasih, Kyai, karena telah sepenuh hati membantu adik saya hingga menemukan apa yang selama ini dia cari."

"Adik?" kaget Kyai, begitu juga kami.

Utusan Ratu Belanda mengangguk.

"Kami dua bersaudara yang menjadi andalan Ratu. Saya bertugas di bidang khusus yang tak dapat diceritakan, sedangkan Edo spesialis telik sandi. Jam rantai emas ini bagi Edo amat berharga melebihi nyawanya sendiri, karena waktu baginya adalah hal yang tak bisa ditunda. Kami semua tahu, jika jam ini telah berada di suatu tempat, berarti di situ pula hati Edo bertempat tinggal."

Mind of Mine

Sakit kepala itu datang lagi.

Selalu seperti ini. Ketika aku merasakan ketakutan yang sangat, kepalaku sakit dan untuk sesaat segalanya hilang dalam gelap yang mengampar tiba-tiba. Saat kegelapan itu menghilang, entah mengapa aku merasa seperti ada sebentuk kengerian yang tengah menungguku.

Begitu pula sekarang. Ketika kubuka mata, sesosok tubuh berlumur darah di atas *spring bed* langsung menumbuk perhatianku. Aku sangat ketakutan. Badanku menggigil dan tulang-tulangku seperti dilolosi satu persatu dari tubuh, membuatku lemas dan terduduk di pojok ruangan.

Semua begitu membingungkan bagiku. Apalagi tubuhku penuh dengan cairan merah anyir dan agak lengket. *Oh Tuhan, apa yang sebenarnya terjadi pada diriku?*

Aku merasa *deja vu* pada kejadian tiga tahun yang lalu, saat ayah dengan wajah merah serta tangan terkepal, siap melayangkan bogemnya ke ibu. Tanpa pikir panjang kuhadang tangan itu, melindungi ibu dengan tubuh kecilku, membuat kepal yang semula menghantam ibu kini meluncur ke arahku.

Ibu menjerit. Namun aku bergeming, hingga tiba-tiba kepalaku terasa amat sakit. Bukan. Bukan karena pukulan ayah. Melainkan lebih kepada perasaan seperti ada yang ingin menyeruak keluar dari dalam diriku. Dan semakin kerap pukulan ayah melanda, kepalaku semakin terasa sakit, hingga akhirnya semua tak berbentuk lagi, menghilang ditelan gelap yang menyergap dengan amat mendadak.

Saat mataku terbuka, bulu kudukku langsung meremang. Kudapati tubuh ayah tergolek di hadapanku dengan luka menganga pada bagian dada sementara tanganku entah bagaimana mulanya kini menggenggam pisau dapur berlumur cairan kental merah.

Dari samping tubuh bersimbah darah itu ibuku menangis, sambil menghujani wajahku dengan tatapan yang mengibakan.

"Pergilah, Nak ...," bisik ibu dari samping mayat yang dadanya ternganga itu, "Pergilah sejauh yang kamu mampu," lanjut ibu lagi. Diraihnya pisau dapur dari genggamanku. Dan setelah mengusap kepalaku dengan penuh sayang, ibu ulangi perintah tadi dengan penuh sungguh.

Aku masih belum paham apa yang tengah terjadi. Namun karena ibu yang memerintah, aku menurut. Kutinggalkan rumah dalam bingung yang sangat, tanpa tahu harus ke mana melangkahkan kaki. Hingga akhirnya, setelah perjalanan yang amat panjang dan penuh liku, aku tiba di kota ini. Kota terpadat di negeriku. Kota yang sarat problema dan penuh dengan polusi. Jakarta.

Pikiranku perlahan kembali jernih. Namun hal itu tak banyak membantu sebab sosok berlumur darah itu masih saja tergeletak di atas *spring bed*. Aku benar-benar merasa takut, ditambah dengan denyut nyeri di kepalaku yang belum juga mereda, juga suara-suara yang entah bersumber dari mana berdesing dalam benakku dengan kata yang terus berulang: "Mati ...! Mati ...! Mati ...!"

Tak kurang dari sepuluh petugas kepolisian masuk dan memeriksa kamar dengan teliti. Setiap jengkal tak luput dari perhatian mereka. Juga setiap benda yang ada di dalam kamar.

Seorang polisi bertubuh tinggi besar menghampiriku, memperkenalkan diri dengan ramah sebagai Om Hendra, lalu mengajukan beberapa pertanyaan kepadaku dengan amat sabar.

Aku bisa mendengar dengan jelas semua yang Om Hendra tanyakan, namun rasanya lidahku tak lagi menjadi milikku. Kelu. Tak memiliki daya dan kekuatan sedikitpun untuk menjawab pertanyaan Om Hendra atau melakukan hal apapun yang lainnya.

***

Usai menggeledah kamar yang mereka sebut-sebut sebagai TKP itu, Om-Om Polisi membawaku pergi. Entah ke mana. Mataku lelah dan mengantuk. Mungkin aku sempat tertidur, karena ketika sadar, aku telah berada di ruangan yang serba putih. Tubuhku ditempeli kabel-kabel yang dihubungkan ke sebuah monitor yang teronggok di samping tempat tidur.

Tak nampak tanda-tanda kehidupan di kamar ini. Hanya aku. Tak ada jendela. Hanya ventilasi super tinggi yang mengantar kerlip lembut mentari pagi melalui celah kisi-kisinya.

Beberapa saat kemudian Om Hendra datang, dan kembali menanyakan hal yang sama persis seperti kemarin. Namun karena masih bingung serta tak tahu apa yang terjadi sebenarnya, aku hanya menggeleng. Untunglah Om Hendra orang yang sabar. Dia tak lagi menjejalkan pertanyaan-pertanyaan aneh itu ke dalam otakku. Dia sepertinya memahami, bahwa aku masih sangat bingung dan kaget menghadapi semua yang terjadi.

***

Cuaca malam ini begitu dingin menusuk. Aku memutuskan pulang cepat karena hasil penjualan koran sudah lebih dari cukup untuk membayar setoran. Ketika kaki ini melangkah pulang, ada sebuah Porsche merah membuntutiku. Aku hafal sekali. Itu pasti Om Donny.

Dia salah seorang yang baik padaku. Aku mengenalnya dua bulan yang lalu, saat aku menawarinya koran di kawasan lampu merah Kuningan. Sejak itulah dia sering mengunjungiku dan mengajak jalan-jalan, membuatku sempat merasa aneh, karena tak menyangka bahwa ternyata masih ada orang baik di kota ini: Jakarta.

Om Donny berwajah tampan dan bertubuh atletis. Umurnya mungkin dua puluh lima, mengaku sebagai seorang pengusaha sukses yang belum menikah. Aku tentu saja percaya, sebab Porsche merah itu sangat menunjang penampilannya. Namun anehnya, Om Donny tak pernah terlihat bersama seorang wanita. Aku malah sering melihatnya bersama anak-anak.

Porsche merah itu berhenti di hadapanku. Om Donny keluar dari mobil sambil memamerkan senyum ramahnya. Dia menghampiriku, dan langsung menawarkan padaku untuk menginap di rumahnya. Orang tuanya pergi ke luar kota, dan Om Donny ingin aku menemaninya.

Aku pikir selama ini Om Donny sudah baik padaku, jadi tak ada alasan untuk menolak permintaannya. Apalagi Om Donny juga bercerita, bahwa di rumahnya ada banyak sekali mainan. Aku senang sekali mendengarnya.

Om Donny mengarahkan mobilnya ke kawasan perumahan elite pinggir Jakarta, hingga pada sebuah rumah yang amat asri mobil berhenti. Halamannya tertata dengan sangat apik. Namun sayang, rumah ini sangat sepi.

Kami turun dari mobil dan langsung menuju ke dalam. Aku dipersilahkan duduk di ruang tamu yang sangat megah, dengan guci-guci mahal menghias sudut-sudut ruangannya.

"Kamu mau minum apa?" tanya Om Donny sambil tersenyum.

"Terserah Om Donny aja, deh," jawabku dengan mata yang masih sibuk memandangi seisi rumah yang mewah ini.

Tak berselang lama, Om Donny kembali dengan membawa nampan yang berisi kue brownies dan cokelat batangan *made in* luar negeri, serta segelas minuman dingin.

"Wah, Terima kasih, Om. Apakah ini semua untukku?" tanyaku dengan antusias.

"Ya. Kamu boleh menghabiskan semuanya," jawab Om Donny sambil tersenyum penuh arti.

Setelah kupindahkan semua sajian itu ke dalam perut, Om Donny mengajakku ke kamarnya. Dia kembali bercerita bahwa di kamarnya terdapat banyak sekali mainan yang bagus-bagus, membuatku tak sabar ingin segera mencobanya.

Sesampainya di dalam kamar, Om Donny langsung mengunci pintu.

"Mana mainannya, Om?" tanyaku penasaran.

Tapi pertanyaanku tak dijawab oleh Om Donny. Aku malah didorong olehnya hingga tersungkur di atas *springbed*. Dia berusaha melucuti celanaku, dan melepaskan celananya sendiri. Tubuhnya yang besar dan kuat menindihku. Aku berusaha sekuat tenaga untuk berontak.

Dia telah menyakitiku, dan itu artinya sesuatu yang buruk akan terjadi karena aku sudah mulai merasakan gejalanya.

Ya. Sakit kepala itu. Sakit kepala yang biasa itu datang lagi. Namun bedanya, kali ini tak ada kegelapan yang menyergapku. Aku hanya merasakan kemarahanku memuncak, badanku panas membara, otakku serasa mendidih serta tubuhku tiba-tiba menjadi amat ringan.

Kubalik paksa tubuhku, hingga wajah kami saling berhadapan. Kugigit lehernya, kupukul perutnya, dan kucakar wajahnya. Entah kekuatan dari mana yang menghampiriku, walaupun aku menyerang Om Donny dengan tenagaku yang tak seberapa, namun efek yang ditimbulkan sangatlah dahsyat. Hal itu terbukti dengan erangan keras yang keluar dari mulut Om Donny.

Serangan terakhir yang kulakukan adalah menyodokkan ujung jariku ke ulu hatinya, dan sepertinya itu adalah serangan yang amat telak baginya. Sesaat sebelum tubuh Om Donny ambruk, masih sempat kulihat wajahnya menunjukkan kekagetan yang luar biasa, untuk kemudian perlahan meredup lalu tak bergerak lagi.

Aku terbangun dengan peluh luruh di sekujur tubuh. Monitor yang dihubungkan denganku berdetak cepat serta tak beraturan, membuat perawat segera berdatangan. Tubuhku gemetar. Air mata mengalir tanpa kusadari, tanpa jerit maupun isak tangis yang keluar dari mulutku.

Om Hendra datang dengan tergopoh-gopoh. Digenggamnya tanganku untuk menenangkan. Tapi percuma. Tetap saja tak mampu membuatku menghapus mimpi buruk yang tadi.

Benarkah yang ada dalam mimpi itu adalah aku? Seburuk itukah yang telah kulakukan pada Om Donny?

Tapi mengapa aku malah merasa lega?

Mukena Terakhir

Bingkisan sederhana itu tergeletak di pangkuanku dengan manisnya. Masih teringat sepulang menjajakan koran sore tadi, mataku tertumbuk pada mukena yang terpajang di sebuah toko.

Kudekati dan kusentuh. Ternyata bahannya adem, dan motifnya juga bagus. Kulirik harganya. Rp. 60.000,00. Aku ingat uang yang ada di kantongku tadi ada Rp. 65.000,00. Alhamdulillah cukup sekaligus untuk biaya membungkusnya sebagai kado. Aku tersenyum membayangkan betapa senangnya ibu. Beliau pasti langsung memakainya, karena kebetulan mukena yang lama sudah robek di beberapa tempat.

Maafkan aku, Bu, mungkin aku pulang terlambat, karena harus berjalan kaki sampai ke rumah. Semoga engkau tidak cemas, Bu.

Aku terus melangkah dengan hati riang. Sesekali kupandangi bingkisan itu, yang memantik senyumku untuk lagi dan lagi.

Aku sudah mencapai setengah perjalanan ketika tiba di sebuah perempatan yang biasa dilalui oleh kendaraan-kendaraan besar dan panjang. Matahari hampir terbenam dan jalanan lumayan sepi, sehingga aku dapat menyeberang dengan tenang setelah menoleh ke kanan dan kiri.

"Awas, Nak!" teriak seorang lelaki setengah baya kepadaku, namun aku tak mengerti apa maksudnya meski tak lama berselang aku mendengar ada suara tumbukan yang keras. Juga perasaan aneh seperti ada yang berteriak, tapi suaranya terdengar seakan bergema di dalam batok kepalaku.

Sepertinya terjadi kecelakaan parah, orang-orang mengerubungi tempat kejadian. Penasaran juga sebenarnya ingin melihat korban, mungkin ada yang bisa kulakukan untuk menolongnya. Tapi aku ingat ibu. Aku tidak ingin ibu khawatir. Selain itu aku ingin segera memberikan bingkisan untuk ibu. Akhirnya aku memutuskan untuk langsung pulang.

Sesampainya di rumah, lampu belum dinyalakan. Itu berarti tidak ada orang di rumah. Bagiku sangat aneh karena ibuku tidak suka pergi ke luar rumah setelah matahari terbenam. *"Ora ilok, Nduk, yen cah wadon metu ngomah wis peteng."* Berarti memang ada keperluan yang sangat penting yang memaksa ibu untuk keluar rumah di waktu yang telah dipakemi sebagai *ora ilok* olehnya itu.

Belum sampai hilang kecemasanku ketika tiba-tiba ibu datang dengan wajah sembab. Aku mencoba menyapa dan menanyakan ada apakah hingga ibu begitu sedih. Namun tanyaku tak berjawab, karena ibu terlihat sibuk dengan pikirannya sendiri. Tak ada kata yang keluar dari mulutnya. Aku pun terdiam tak berani bertanya lagi. Apalagi melihat wajah ibu yang amat pilu, aku tak ingin menambah beban pikiran bagi ibu.

Tak lama kemudian semua kebingunganku terjawab. Orang-orang datang beriringan membopong tubuh yang telah kaku. Tak sepatah katapun yang keluar dari mulut mereka, raut muka mereka begitu kelam, diam dengan kepedihan yang sama dengan ibuku.

Semakin penasaran, kudekati mereka. Anehnya, tubuhku seperti refleks bergetar dengan sendirinya. Ada apa sebenarnya?

Semakin dekat dengan tubuh itu semakin bergetar pula tubuhku. Sekilas kuingat baju yang dikenakan tubuh kaku itu, membuatku spontan melihat pakaian yang kukenakan. Karena masih ingin meyakinkan lagi, kulihat baik-baik tubuh yang penuh darah itu.

Wajah itu!

Tubuhku langsung melorot. Kilasan peristiwa di perempatan tadi membayang bak film yang diputar di layar tancap. Ya, Allah...! Jadi, aku ini ... apa?

Sebuah bingkisan mungil tiba-tiba terjatuh dari tubuh yang telah kaku itu, disertai sayup-sayup suara tangis yang hanya terdengar oleh burung malam.

Klon: Biar Nyawaku Untuknya

Buku harian itu jatuh ke lantai, Nyonya Mira menangis sejadi-jadinya.

"Ada apa, Ma?" Tuan Beni datang tergopoh-gopoh dari ruang tidurnya

"Anak kita, Pa! Anak kita!" sahut Nyonya Mira.

"Iya! Ada apa dengan anak kita?" Tuan Beni terbawa suasana hingga suaranya terdengar meninggi.

"Yang dioperasi kemarin dan mati, adalah anak kita, Pa!" pekik Nyonya Mira di sela isak tangis. Histeris.

Wajah Tuan Beni langsung pias. Tanpa banyak bicara dia langsung keluar dari kamar anaknya dan menelepon seseorang.

"Halo, dengan dokter Budi?"

"Ya, saya sendiri. Tuan Beni ya? Ada apa, Tuan?" sahut suara yang di seberang.

"Dasar dokter bodoh! Apa kau tidak bisa mengenali pasienmu?" bentak Tuan Beni.

"Ada apa, Tuan? Mengapa tiba-tiba anda bicara seperti itu? Apakah ada yang salah dengan pelayanan saya selama ini?" timpal suara di seberang dengan nada yang masih terdengar sabar.

"Kau tahu siapa yang mati kemarin? Dia adalah anakku, bukannya si anak bodoh buatanmu itu!"

Si dokter terdiam sejenak, kemudian berkata, "Sebaiknya kita bicarakan hal ini secara baik-baik, jangan terbawa emosi. Bagaimana kalau kita bertemu di tempat biasa?"

***

"Mama, bukankah aku tidak punya saudara kembar? Jadi, Karen itu siapa, Ma?" desakku penasaran. Mama agak kaget mendengar pertanyaanku, namun hanya sebentar. Dia mencoba mengalihkan pembicaraan, dan kebetulan Papa datang dari kantor sehingga Mama ada alasan untuk pergi, membuat pertanyaanku selalu menggantung.

Aku merasa ada sesuatu yang salah, entah apa. Setiap kali aku teringat anak yang mirip denganku itu, aku selalu jatuh iba. Aku hanya bisa berbagi dengan buku harianku. Mama dan Papa tak mungkin tahu perasaanku, mereka terlalu sibuk. Papa dengan segudang jadwal penelitiannya, sedangkan Mama tenggelam dalam rutinitas tugas sebagai dosen. Apalagi setelah tahu sikap Mama tadi, aku bertekad untuk mencari informasi sendiri. Siapa sebenarnya anak yang mirip denganku itu?

Hingga akhirnya pada suatu siang di laboratorium dr. Budi, aku melihat gadis kecil itu lagi. Kusapa dia dengan gembira, "Hai, Karen, bagaimana kabarmu?"

Dia menjawab dengan ceria pula, "Oh, aku sangat baik hari ini, Tari. Kamu sendiri bagaimana?"

"Aku juga sangat baik hari ini. Maukah kau bermain denganku? Aku sangat kesepian di rumah," ucapku setengah memohon.

"Wah, aku akan melakukannya dengan senang hati, kebetulan hari ini tidak banyak tugas dari dr. Budi."

"Kebetulan yang menyenangkan, ya. Bagaimana kalau kita ke taman belakang?" cetusku.

"Baiklah," jawabnya dengan berseri.

***

Hampir setiap hari kami melewatkan waktu bersama, setelah dia menyelesaikan tugas dari dr. Budi, tentu saja. Juga setelah aku menyelesaikan jam belajarku. Hingga suatu hari, Karen bilang akan pergi jauh.

Aku kaget, dan bertanya akan ke mana dia. Namun bukannya menjawab, wajah Karen langsung pias dan kalimatnya berubah menjadi terbata-bata. Bahkan tanpa menghiraukan pertanyaanku lagi Karen bergegas pergi. Sungguh aneh!

Beberapa hari kami tak bertemu, aku penasaran. Juga kuatir jangan-jangan dia sakit, atau malah sudah pergi seperti yang pernah ia ucapkan kepadaku waktu itu.

Aku pergi ke tempat dr. Budi untuk menanyakan perihal Karen kepada beliau. Ternyata jawabannya di luar dugaanku, "Lupakan Karen, anggap saja selama ini dia tak ada."

Ketika aku pulang ke rumah pun, ayah dan ibu mengatakan hal yang sama. Aku semakin heran, ada apakah dengan mereka? Sepertinya ada yang disembunyikan dariku tentang Karen.

Esok harinya, aku menunggu di lab dr. Budi tetapi sengaja tidak menemui beliau. Aku hanya ingin bertemu Karen.

Penantianku akhirnya membuahkan hasil, meski harus memakan waktu dua jam lengkap dengan kebosanan penantian yang amat menyiksa. Kulihat Karen keluar dari ruangan.

Langsung aku tarik tangannya menuju taman belakang yang sepi. Dia terlihat lebih kurus dan tampak gugup. Setelah duduk di bangku panjang, kutatap matanya dalam-dalam, "Adakah yang kalian sembunyikan dariku?" ucapku langsung ke pertanyaan utama yang telah beberapa waktu terakhir begitu mengggangguku itu.

Tapi Karen malah bersikap menjengkelkan. Dia hanya menunduk sambil berkata, "Maafkan aku, Tari, aku tak bisa mengatakannya padamu."

"Ternyata hanya sampai di sini persahabatan kita, Karen. Kau yang kuanggap seperti saudaraku sendiri, teganya meninggalkanku tanpa penjelasan." Akhirnya muntah juga kekecewaanku. "Mungkin memang kebahagiaan tak boleh lama bersamaku, ketika aku merasa telah menemukan sahabat sejati, seketika itu juga orang-orang memutuskannya tanpa ada alasan yang jelas."

Kulihat kesedihan di mata Karen, air bening mengalir dari keduanya.

"Jangan kau siksa aku seperti ini, Tari, aku tak sanggup," Karen membela diri di sela tangis dan air matanya yang semakin menderas.

Aku tetap diam.

"Baiklah, aku akan menjelaskan kepadamu, Tari. Tetapi kau harus janji, setelah ini kita tak akan bertemu lagi, untuk alasan apa pun."

Aku sebenarnya kurang memahami maksud ucapan Karena, dan hanya mampu menatapnya dengan pandangan kosong. Tapi dia sepertinya salah paham dan menganggap hal itu sebagai persetujuan dariku.

"Aku akan memulai cerita ini dari awal, Tari. Tentang sepasang suami istri, Tuan Beni dan Nyonya Mira. Mereka adalah orang-orang ambisius. Semua yang mereka inginkan harus terlaksana, termasuk memiliki anak."

Orang tuaku?

Karen menghembus napas sebelum melanjutkan kembali ceritanya itu.

"Dokter mengatakan bahwa mereka sulit punya anak karena jam kerja yang tinggi. Tak putus asa, mereka berupaya dengan segala cara mulai dari yang tradisional hingga modern. Akhirnya mereka berhasil, sang istri hamil. Namun sayangnya, bersama kebahagiaan itu datang pula kabar yang tak enak."

Kudengarkan terus cerita yang digulirkan oleh Karen, yang semakin lama semakin membuatku tertarik. Tak kusangka Karen amat pandai bercerita, pikirku.

"Kelak bila anaknya lahir, sang istri tidak boleh hamil lagi, itu bisa berbahaya. Mereka sedih meski hanya sebentar. Selebihnya adalah berpikir keras bagaimana caranya untuk menjamin kehidupan anaknya hingga dewasa. Bukan masalah keuangan, namun lebih pada keselamatan dan kesehatannya agar bisa menikmati hidup hingga hari tua. Pikiran yang rumit ya, Tari, untuk orang yang anaknya bahkan belum lahir?" Karen kembali mengambil napas. Aku hanya bisa mengangguk meski belum begitu paham ke arah mana sebenarnya cerita Karen.

"Kemudian, setelah kau lahir, mereka segera melaksanakan rencananya. Dr. Budi mengambil sampel DNA-mu untuk dibawa ke lab."

"DNA-ku? Untuk apa?" Aku tambah penasaran dengan ceritanya.

Karen memandangku lekat-lekat sebelum menjawab amat getas.

"Untuk menciptakan diriku."

Bagai disambar petir aku mendengar ucapan Karen. Kuteliti wajahnya, tapi tak ada kebohongan atau canda di sana.

"Sejak kapan kau mengetahui ini, Karen?" tanyaku penuh selidik.

"Sejak aku berumur lima tahun. Karena mereka berpikir, aku sebagai produk laboratorium telah mampu menerima informasi penting sejak dini. Dan aku juga sudah tahu tujuan utamaku diciptakan." sahutnya.

"Tujuan?"

Karen mengangguk.

"Tuan dan Nyonya Beni adalah manusia ambisius, mereka tidak ingin terjadi apa-apa dengan asetnya. Maaf bila aku mengatakan seperti itu, karena memang begitulah kenyataannya."

"Ya, ya, aku mengerti, tak apa, lanjutkan!" sahutku tak sabar, meski harus kuakui beberapa kosakata Karen agak sulit untuk kuartikan. Tapi setidaknya, aku masih bisa menangkap inti ceritanya.

"Mereka, tak ingin terjadi apa-apa denganmu, Tari, makanya mereka menciptakanku sebagai cadangan hidup bagimu."

"Cadangan hidup? Apa maksudmu? Aku tak mengerti?" Aku menyela.

"Aku adalah onderdil hidup yang harus selalu siap-sedia apabila terjadi apa-apa dengan kesehatanmu," terang Karen dengan suara seperti menahan tangis.

Kepalaku rasanya seperti ditindih benda paling berat di dunia. Orang tuaku benar-benar tak waras! Hanya demi anaknya hidup lama, mereka mengorbankan orang lain, yang sebenarnya masih merupakan bagian dirinya pula? Ya, Tuhan!

Namun, pikiranku langsung bekerja membentuk ide yang tak kalah gilanya.

"Karen, maukah kau berjanji satu hal padaku?" tanyaku.

Setelah agak lama berpikir, Karen menyahut.

"Baiklah, apa itu?"

"Maukah kau menggantikanku pergi ke Eropa untuk tugas belajar? Kau ingin pergi ke luar negeri, kan?" ucapku hati-hati.

"Ya, aku ingin sekali pergi ke luar negeri, apalagi belajar di sana." Mata Karen berbinar, namun kemudian lesu kembali. "Mengapa aku harus menggantikanmu? Bagaimana dengan orang tuamu?"

"Akhir-akhir ini aku sering capek, mungkin memang terlalu banyak penyakit, aku ingin istirahat. Tentang orang tuaku, aku yang akan mengurusnya. Setelah ini kau akan mendapat kabar dari dr. Budi."

Karen mengangguk ragu.

"Bukannya aku harus di dekatmu bila kau mulai mengeluh capek dan sakit?"

"Ah, tidak, ini hanya capek biasa, bukan sakit parah yang butuh onderdil hidup, hehe …," candaku meski dengan tawa yang terasa getir. Untunglah Karen tak menyadarinya. Sepertinya ia tengah terpikat dengan ide yang kuberikan tadi.

"Kalau begitu, aku pamit. Terima kasih, Karen, karena telah menjadi sahabatku selama ini." Aku memeluknya lama sekali.

Aku pergi dengan hati lega, entah mengapa, rasanya ringan sekali hati ini. Kakiku melangkah menuju kediaman dr. Budi, aku ceritakan semuanya, juga rencana yang akan kulakukan.

Awalnya kami berdebat keras, namun akhirnya beliau mengalah, karena memang mempertimbangkan kesehatanku yang semakin memburuk. Aku pulang dengan perasaan bahagia yang tak bisa kulukiskan.

Seperti biasa, rumahku sepi layaknya rumah tak berpenghuni. Aku langsung menuju kamarku, mandi, minum susu lalu berangkat tidur. Ayah, ibu, maafkan anakmu bila harus mengambil keputusan ini, kemudian aku menutup mata dengan senyum.

Lukisan Bernyawa

"Lukisan itu hidup," teriakku kaget.

"Hussy ...! Kau norak sekali, sih. Lihat, tuh, mereka semua menoleh ke arahmu," kata Siti setengah berbisik.

Aku baru sadar sedang berada di antara tamu-tamu penting, semua mata tertuju padaku. Setelah memohon maaf sebentar, aku melangkah perlahan menuju ruang sebelah.

Rumah ini memang penuh dengan ruangan-ruangan besar, semuanya berperabot mewah. Baru kali ini aku masuk ke rumah megah. Kalau bukan karena *open house*, mungkin aku tak pernah diperbolehkan untuk menginjakkan kaki di rumah sebagus ini.

Acara *open house* diadakan dalam rangka peringatan Hari Raya Idul Fitri. Kami anak-anak Panti Asuhan Bina Insani diundang untuk menerima santunan dari pemilik rumah, Prof. Dr. Gondo Prawiro. Kami diizinkan untuk melihat-lihat sekeliling rumah.

"Yat, kamu tadi kenapa sih, pake acara teriak-teriak segala," tanya Siti

"Aku bener-bener kaget, Sit. Mata orang yang ada dalam lukisan itu bergerak. Dia mengikuti arah orang lalu lalang di ruangan tadi," sahutku sungguh-sungguh.

Siti memandangku dengan heran.

"Kau sungguh-sungguh?"

Aku mengangguk yakin.

"Begini saja, bagaimana kalau kita keliling dulu ke ruangan lain. Melihat lukisan-lukisan yang lain, apakah sama seperti yang kau lihat tadi," usul Siti.

Aku setuju, kemudian melangkah bersama menuju ruangan yang lain. Kami memilih memisahkan diri dari teman-teman panti agar kami bisa menikmati lebih banyak keindahan di rumah ini. Mumpung diundang.

Di sebuah ruangan yang mungkin adalah ruang baca, kami menemukan tiga lukisan berukuran besar.

Ketiganya tergantung di atas rak berisi buku-buku tebal.

"Coba kau pandangi matanya, Sit, lukisan yang di sebelah kirimu itu," kataku.

Siti mencoba berkonsentrasi, aku juga melakukannya tapi pada lukisan yang satu lagi. Untuk beberapa saat kami sama-sama hampir berteriak, namun segera sadar dan menutup mulut nyaris bersamaan. Perlahan dengan tubuh yang agak gemetar, kami keluar dari ruangan itu.

Hingga acara selesai, gemetar tubuh kami masih terasa. Sepanjang perjalanan kami terdiam, membuat teman yang lain menjadi heran. Tumben Si Dayat dan Si Siti tak banyak bicara, begitu mungkin pikir mereka. Namun kami tak peduli, yang ada dalam pikiran kami saat ini hanyalah ingatan tentang lukisan-lukisan dalam rumah itu yang begitu hidup.

Sesampainya di panti, seperti biasa, sebelum tidur Ibu Ratih mengecek kami satu-persatu. Saat itulah kami semua baru menyadari, bahwa Adi telah hilang!

Kami semua bingung, tidak biasanya Adi pergi tanpa pamit. Dia adalah anak yang penurut dan selalu meminta izin bila ada keperluan. Bu Ratih segera menghubungi Ibu Kepala Panti, Bu Dini. Bu Dini segera menghubungi Satpam Pak Gondo, apakah ada anak yang tertinggal di sana? Ternyata jawabannya tak ada. Sopir angkot yang membawa kami tadi juga ditanyai, apakah ada anak yang tertinggal di mobil? Jawabannya sama, tidak ada. Akhirnya, Bu Dini menghubungi polisi dan mengabarkan bahwa ada salah satu anak panti yang hilang.

Sekilas dalam benakku teringat tentang lukisan itu. Ya, lukisan aneh yang tersebar di rumah itu. Lukisan yang bernyawa. Entah mengapa aku jadi bergidik, membayangkan wajah Adi terpampang dalam lukisan itu. Tapi aku tak berani mengatakan kecemasanku ini, pun pada Siti.

Sudah sebulan ini Adi menghilang, berita di koran maupun televisi tak ada yang menayangkan tentang ditemukannya anak hilang. Yang kudengar malah berita tentang hilangnya beberapa anak dari panti asuhan lain. Berita itu ada yang terjadi beberapa tahun lalu, ada pula yang beberapa bulan terakhir ini. Yang paling mencurigakan adalah lokasi menghilangnya mereka semua, yang diperkirakan sesaat setelah menghadiri undangan di rumah Bapak Prof. Dr. Gondo Prawiro.

Aku masih belum berani mengatakan kecurigaanku ini pada siapa pun. Bagaimanapun juga, ini menyangkut urusan nyawa. Bila aku salah tuduh, bisa-bisa dianggap sedang berusaha mencemarkan nama baik seseorang. Sedangkan bila hal itu benar terjadi, aku tak punya bukti kuat untuk membuka masalah ini. Aku seorang bocah sebelas tahun yang hanya berbekal prasangka, pasti akan kalah dengan para pembesar itu.

Semakin hari, berita itu semakin membuatku cemas. Jangan-jangan, deretan korban tersebut masih akan terus berlanjut? Kemanakah menghilangnya mereka semua?

Karena tak tahan tersiksa sendirian, aku mencoba berbicara dengan seseorang. Ya, Siti orang yang paling tepat, pikirku.

"Sit, kita bicara di halaman belakang sebentar, yuk," pintaku dengan sedikit berbisik.

Siti yang baru selesai piket memasak langsung mengangguk. Dia paham bahwa itu berarti percakapan rahasia, tak ada yang boleh tahu.

Setelah kami duduk di rerumputan, dia bertanya dengan wajah serius, "Ada apa, Yat?"

"Kau masih ingat lukisan di rumah besar itu, Sit?" tanyaku.

Siti mengangguk sambil menunggu kata-kataku selanjutnya.

"Walaupun sudah kucoba untuk tidak memikirkannya, tetap saja ingatan itu tak mau hilang. Dan sejak pertama kali kita sadar bahwa Adi hilang, entah mengapa pikiranku langsung melayang pada lukisan di rumah besar itu. Aku membayangkan wajah Adi yang terlukis di sana," ujarku.

"Kau terlalu banyak nonton film, Yat," ucap Siti menggodaku.

"Aku serius, Sit," sahutku tanpa senyum.

"Ah, kau ini. Bagaimana bisa menuduh seseorang tanpa bukti? Apalagi kita belum tahu apakah Adi masih hidup atau tidak, dibunuh atau disiksa, *lha wong* mayatnya aja enggak ada."

"Aku juga bingung, Sit. Tapi yang pasti, aku benar-benar penasaran dan ingin datang ke rumah itu lagi. Aku akan membuktikan pada orang-orang bahwa memang ada yang tidak beres dengan rumah itu."

"Kau gila, Yat! Bisa-bisa kau ditendang sebelum menyentuh halamannya, atau malah digiring ke kantor polisi!"

Pembicaraan itu kami akhiri dengan perasaan yang serba tak menentu.

Namun malam harinya, tekadku sudah bulat. Aku akan menyelidiki sendiri rumah besar itu. Sejak sore aku pamit pada Ibu Ratih untuk pergi ke kota.

Sesampainya di rumah besar itu, aku memilih untuk masuk melalui halaman belakangnya. Ternyata ada celah di pagarnya yang cukup bagi tubuhku memasukinya. Sekarang adalah bagian tersulit, karena tak mungkin rumah sebesar ini tak ada CCTV-nya. Aku harus mencari cara untuk masuk ke dalam rumah tanpa disadari oleh pemiliknya.

Aku mengendap-endap menuju belakang rumah. Ternyata pintu garasi belakang masih terbuka. Aku mencoba masuk melalui jalan itu.

Rumah ini benar-benar besar, garasinya saja seluas halaman panti kami. Ada sekitar empat mobil berjajar rapi. Aku mencari-cari pintu masuk, dan itu terletak di sudut sebelah kiri. Pintunya setengah terbuka seperti sengaja memberiku jalan masuk.

Rumah yang benar-benar sepi, tak kutemui seorangpun di luar maupun di dalam rumah. Aku meneruskan langkahku, mencari-cari ruangan yang waktu itu. Suasana sepi rumah ini membuat degup jantungku terdengar amat kencang.

Akhirnya aku sampai di ruangan itu, ruangan yang lebih tepat untuk disebut sebagai ruang baca. Aku melangkah masuk dengan hati-hati. Sepi, tak ada orang. Di sudut ruangan terlihat kanvas beserta dudukannya tertutup sehelai kain putih. Kutarik perlahan kain putih itu, dan ternyata wajah yang terlukis di sana adalah ... wajahku!

Kupandang lekat-lekat lukisan itu, semakin lama kupandang, semakin terasa ada gaya tarik yang besar untuk masuk ke dalam lukisan. Semakin aku menolak gaya itu, semakin kuat tarikannya.

Aku masih tak mengerti, siapakah seniman yang melukis ini? Bukankah aku tak pernah kenal dengan seorang seniman pun? Tapi, mengapa lukisan diriku ada di sini?

Semakin aku heran, semakin aku memandangi lukisan itu. Dan itu adalah bencana, karena gaya tariknya tak lagi bisa kutahan. Akhirnya, aku hanya bisa memandang dunia dari sebuah bingkai.

Lelaki di Pemakaman

Sore kelabu, begitu juga hatiku. Baru saja aku mengikuti upacara pemakaman Ariel, teman masa kecilku. Masih saja terbayang di mataku senyum cerianya. Mengapa kau begitu cepat pergi, Riel?

Kususuri kompleks pemakaman sambil menghirup udara yang mulai dingin. Sedingin hatiku kini. Tak ada lagi sahabat untuk berbagi. Tak ada lagi teman untuk tertawa bersama lagi.

Entah sudah berapa lama aku berjalan ketika pada sebuah bukit kecil aku menemukannya, duduk sendiri di bangku kayu. Dia tersenyum, bergeser sedikit untuk memberiku tempat di bangku panjang itu.

Upacara pemakaman masih berlangsung, namun hatiku tak sanggup untuk melihat karibku tertimbun tanah. Di sinilah aku kini, duduk berdua dengan seorang lelaki asing, dalam diam.

Tak sepatah pun kata yang terucap. Kami hanya sesekali melempar senyum hingga dia bertanya, "Siapa yang meninggal? Saudara, sahabat, ataukah...?"

"Sahabat," jawabku singkat.

"Semoga kita bertemu lagi saat suasana hatimu membaik." Dia tersenyum dan melangkah pergi. Aku hanya termangu.

Sejak saat itu, ingin kuulangi lagi pertemuan dengannya. Aku sudah lupa pada Ariel, sudah lupa pada kesedihanku kehilangan dia, sahabatku satu-satunya. Aku tak tahu sejak kapan begitu mudah melupakan sahabat yang sudah kuanggap sebagai saudara sendiri. Saat ini, yang ada dalam benakku hanya lelaki itu, lelaki di pemakaman.

Hampir setiap sore aku berkunjung ke sana. Pemakaman sepi, begitu pula bukit kecil itu. Namun aku tetap menunggunya, menunggu entah untuk apa. Yang pasti aku hanya ingin melihatnya, bertemu dengannya.

Hingga suatu saat aku sadar satu hal, bahwa lelaki itu muncul hanya ketika ada upacara pemakaman. Aku menyadarinya setelah menunggunya selama dua purnama. Sore itu sedikit basah setelah seharian gerimis. Aku amat suka suasana selepas hujan, bau tanah basah amat membiusku. Tak sadar ketika kakiku sampai di bukit kecil itu, dia duduk persis seperti saat kami pertama bertemu. Dia tersenyum lagi, dan bergeser sedikit. Gemuruh di dadaku tak beraturan, namun aku tetap melangkah agar tak begitu kentara gejolak hatiku di matanya.

"Kali ini kau datang untuk melepas kepergian siapa?" tanyanya hati-hati.

"Seorang teman kantor," ucapku dengan agak bergetar.

Dia memandangku sejenak, kemudian berdiri untuk bersiap melangkah pergi.

"Apakah kita bisa bertemu lagi?" tanyaku ragu-ragu.

Dia mengangguk pasti sambil tersenyum.

"Apakah kau datang bersama kematian?"

Kali ini dia hanya tersenyum, senyum yang amat mendamaikan, kemudian pergi tanpa menoleh lagi.

Dua pekan sudah aku tak bertemu dengannya, kini aku sengaja menunggunya. Sebelum pemakaman ayah dua jam lagi, aku sengaja datang lebih dulu ke bukit kecil ini. Hatiku berdebar, aku tak tahu harus berkata apa bila bertemu dengannya lagi.

Teringat lagi apa yang kulakukan semalam, pergi ke kamar ayah untuk membawakan minuman sebelum tidur, segelas cokelat panas. Pagi harinya, tak ada bentakan atau omelan seperti biasanya dari beliau. Aku tahu persis karena bisa kupastikan minuman pengantar tidurku telah benar-benar membawa beliau tidur selamanya. Maafkan aku ayah, aku hanya ingin bertemu dengannya.

Lelaki itu datang dari kaki langit, latar belakangnya adalah cahaya matahari sore yang keemasan. Aku hampir tak bisa bernapas, dia begitu mempesona. Entah siapa dia, yang kutahu pasti kini, dia memang datang bersama kematian.

"Kau tampak cantik," pujinya.

Aku hanya tersenyum, kini giliranku menggeser tubuh untuk memberinya tempat duduk. Dia langsung duduk dan memandangku. Lama dan dalam. Aku seperti tersedot arus tak bernama. Cukup hanya dengan diam, kami telah merasa bahwa kami memahami semuanya. Dia juga pasti tahu apa yang telah kulakukan demi hanya untuk bertemu dengan-nya.

"Kau tahu, kau bermain-main dengan takdir?" kalimatnya terdengar tak ingin berjawab.

"Kematian, takkan pernah bisa direncanakan, juga takkan pernah bisa dihindari. Kematian adalah selubung nyata yang tak mungkin pernah bisa terbuka," ucapnya lagi.

"Tapi aku membuktikannya padamu bahwa aku bisa, aku membawa kematian dalam genggamanku. Aku bisa mengundangnya. Dan itu seharusnya kau tahu, aku melakukannya hanya untukmu. Hanya demi bertemu denganmu. Salahkah aku?" ucapku hampir terisak.

"Entah ini kau anggap sebagai ungkapan cinta yang membabi buta atau apa, aku pasrah. Yang pasti aku tak pernah menyesal melakukannya," ucapku lagi sambil berdiri dan berbalik untuk pergi

"Terima kasih atas perasaanmu itu. Aku hanya bisa mengingatkan, jangan bermain-main dengan takdirmu. Kematian bukanlah permainan."

Aku hanya mendengarkannya, kemudian melangkah pelan menuju upacara pemakaman ayahku.

Lelaki itu benar, aku mungkin memang tak menyesal untuk kematian ayah karena segala yang dilakukannya padaku, dulu. Namun aku bukanlah Tuhan, yang berkuasa atas segala hal di semesta raya ini. Aku tak berhak melakukan apa yang menjadi kuasa-Nya. Aku hanyalah makhluk yang tugasnya menjalani kehidupan yang disajikan oleh-Nya.

Airmataku turun satu-satu, baru kali ini aku menangis di pemakaman. Kulihat lelaki itu tersenyum di bawah pohon kamboja di seberang makam ayahku. Senyum yang tulus.

"Terima kasih," ucapku lirih.

Ekstrem!

"Hmmm …. Rasanya nikmat sekali, sensasi gatal yang agak panas namun teksturnya lembut di mulut," gumamku lirih tanpa memedulikan tatapan tajam ayahku ketika kutelan bulat-bulat ulat api yang kutemukan di pohon kelapa belakang rumah kami.

"Manusia itu seharusnya makan apa yang sewajarnya dimakan manusia," ujar ayahku sambil berlalu dengan emosi yang ditahan.

Aku memang anak paling bengal di wilayahku. Aku tak pernah percaya pada nasihat orang tua atau nenek moyang. Apa yang mereka katakan selalu aku tentang. Larangan apa pun selalu aku langgar. Aku anggap semua hanya angin lalu.

Lama-kelamaan, ayah dan ibu tak lagi melarangku. Mereka kini diam. Apapun yang terjadi padaku, mereka diam. Bukannya merasa tak enak atau salah tingkah, aku malah semakin merajalela.

Hingga suatu sore, seorang temanku yang hobi makanan ekstrem mengajakku untuk pergi ke sebuah resto. Tempat makan itu khusus menyediakan menu ekstrem seperti kelabang panggang pedas, sate kalajengking, rica-rica kobra. Ada juga sup kaki buaya dan masih banyak lagi yang lainnya.

Awalnya aku merasa agak aneh. Namun karena temanku mengajak ke sana secara berkala, aku jadi terbiasa. Dan, lambat laun aku merasa berbeda.

Sejak merasakan perubahan itulah untuk pertama kalinya aku merasa dibuntuti. Dalam mimpi aku merasa seperti dikejar-kejar.

Perilakuku juga semakin tak bisa diprediksi. Kalau dulu, meskipun aku sering menentang perintah orang tua, namun tak pernah sedikitpun keluar kata-kata keras dan kasar dari mulutku. Paling-paling hanya diam dan pergi.

Namun sekarang jauh berbeda. Selain berkata kasar dan keras, aku juga sering merusak barang bila sedang marah. Pernah suatu ketika ibu kaget dan menangis melihatku menggebrak meja makan karena kesal tak ada hidangan di sana.

Sebenarnya aku sadar bahwa kelakuanku ini karena terlalu sering makan makanan ekstrem. Benar kata ayah, bahwa apa yang kita makan akan mempengaruhi perilaku kita. Makan ayam, kita akan berperilaku seperti ayam, mempertahankan harta miliknya dengan sepenuh jiwa. Induk ayam tak akan pernah ragu menyerang siapapun yang akan mengambil anaknya, begitu pula seekor jago, akan menyerang ayam lain yang mengganggu betinanya.

Lalu bagaimana denganku? Aku sangat menggemari sate kalajengking dan rica-rica kobra. Ah, yang pasti, sumbuku menjadi pendek. Mudah marah dan tak segan melemparkan cacian pada siapapun yang ada di depanku.

Aku malu untuk mengakui bahwa apa yang dikatakan ayah benar adanya. Aku tahu ada yang salah dengan diriku, namun sepertinya hati nuraniku kalah oleh rasa makanan yang amat menggoda lidahku itu. Dan itu amat buruk, aku bisa merasakannya. Apalagi mimpi itu datang setiap saat.

Aku ingat-ingat lagi, mimpi itu selalu datang di malam setelah aku menyantap makanan ekstrem. Aku merasa ada sosok yang mengejar diriku dalam mimpi semakin kerap datang. Tak peduli siang atau malam, setiap selesai santap ekstrem, selalu saja kantuk datang, dan sosok itu semakin lama semakin dekat namun belum pernah sampai padaku.

Orang tuaku sudah angkat tangan, mereka benar-benar membiarkanku larut dalam duniaku sendiri sambil terus mendoakanku. Aku tahu itu.

Pernah kupergoki mereka berdua melakukan salat malam lalu menyebut namaku meski lirih. Tapi entah mengapa, hatiku tak tergerak sama sekali untuk berubah, juga tak merasa kasihan pada mereka.

Tiba saatnya aku kuliah, dan ini adalah hal paling menggembirakan bagiku. Aku tak perlu kos karena kampusku tak begitu jauh dari rumah. Teman-temanku bertambah, pergaulanku semakin luas. Hobiku tentang kuliner ekstrem semakin terbuka pemenuhannya.

Namun anehnya, mimpiku itu jarang datang lagi. Padahal saat ini, semakin sering aku mendatangi pusat-pusat kuliner ekstrem.

Aku hanya merasa, keadaan ini takkan lama. Karena setiap bangun dari tidur seperti ada yang mengintip dari sudut benak. Entah aku yang melupakan mimpiku, ataukah mimpiku yang ingin bersembunyi dariku.

Siang itu, saat aku berjalan sendiri di koridor kampus, aku mendengar suara, "Tunggu sebentar lagi, Ga!"

Reaksiku segera menoleh, tapi tak ada siapa-siapa di sekitarku.

Aku tercenung, angin lembut berdesir di belakang tengkuk. Tanpa sadar aku mengusap tengkuk dan berjalan cepat menuju ruang auditorium, tempat kuliah umum oleh dosen tamu digelar.

Materi kuliah kali ini kebetulan mengenai makan dan dimakan dalam hubungannya dengan perpindahan energi dari mangsa ke pemangsanya. Bila energi yang ada dalam diri mangsa tersebut positif, maka bisa jadi energi positif tersebut akan berpindah dan mempengaruhi pemangsanya. Begitu pula sebaliknya.

Pikiranku langsung dipenuhi oleh binatang-binatang buas yang pernah aku santap. Namun tetap saja, egoku tak mau kalah. Aku menenangkan hatiku dengan cerita tentang singa ataupun harimau yang memangsa kijang atau rusa. Mereka tak lantas berubah sifat menjadi rusa.

Sang dosen tamu semakin asyik bercerita bahwa ada seseorang yang saking seringnya menyantap daging babi hutan dan ular, berubah wataknya menjadi temperamental, tubuhnya sering merasa panas dan gigi taringnya terlihat semakin memanjang. Aku langsung merasa tertampar saat itu juga. Kuliah apa ini, kok sepertinya jadi ajang curhat metafisik? Aku langsung berdiri, lebih baik pulang daripada mendengar kuliah tidak bermutu seperti ini. Namun, tepat saat aku berdiri, mataku tertumbuk pada gambar kalajengking, kelabang, dan ular cobra di LCD Projector.

Aku seperti tersedot arus tanpa nama, aku merasa disentak dan terlempar dalam lorong gelap. Amat sangat gulita yang kurasa, degup jantungku terdengar membahana.

Kudengar suara derap kaki berlari di belakangku.

"Siapa itu?" tanyaku dalam gelap.

Tak ada jawab. Aku jadi tersadar bahwa aku harus berlari pula, tapi kemana? Karena di manapun tak kulihat setitik cahaya. Dan ketika kulihat ada berkas sinar, semakin kupercepat lariku.

"Jangan ke sana!" cegah suara di belakangku.

Langkahku terhenti, aku hafal suara itu.

"Belum saatnya kau ke sana!" larangnya lagi.

Aku semakin terdiam. Tiba-tiba kurasakan aliran hangat di sudut mataku. Aku jatuh terduduk, tak kuasa menopang tubuh. Rasa gatal, pahit, panas, dan sakit bercampur menjadi satu. Berkumpul di ulu hati dan perlahan terdorong keluar oleh rasa mual luar biasa.

Gumpalan hitam jatuh dari mulutku!

Dalam temaram cahaya di ujung sana, aku melihat gumpalan itu terpecah menjadi kelabang, kalajengking, serta ulat api. Dan ular kobra berjalan menjauhiku dalam diam. Aku hanya bisa ternganga.

Duniaku kembali, lorong gelap itu telah lenyap, berganti dengan halaman rumahku. Ayah berdiri di depanku dengan pandangan prihatin demi melihatku memegang ulat api tepat di ujung mulutku.

Perutku langsung mual lagi, dan secara refleks kubuang ulat api itu ke tumpukan sampah dedaunan di bawah pohon kelapa.

Aku benar-benar mual. Ayah berlalu dengan wajah lega.

Sasi

Malam ini aku sendiri lagi, ayah dan ibu bilang baru bisa datang setelah pukul 21.00 BBWI.

Sepi, dingin dan yang pasti membosankan, karena tak ada yang bisa aku ajak bicara. Acara televisi juga tak ada yang menarik. Huuuh ... akhirnya aku membaca novel kesayanganku dengan agak malas, karena sudah berapa kali kubaca dan hampir hafal di luar kepala.

Tiba-tiba aku merasakan angin dingin masuk dari pintu ruanganku yang terbuka bersamaan dengan kemunculan gadis yang sebaya denganku. Wajahnya pucat dan jilbab kaosnya berkibar tertiup angin malam. Dia tersenyum.

"Hai, namaku Sasi, boleh aku masuk?" sapanya ramah.

Aku terpaku. Sesaat tadi aku sempat membayangkan akan bertemu hantu muka rata atau sejenisnya karena angin yang berhembus tidak seperti biasanya. Ternyata gadis di hadapanku ini nyata. Aku jadi nyengir sendiri dan hampir saja lupa akan sapaannya.

"Oh, eh ...ya, silakan masuk." Aku balas tersenyum dan menyebutkan namaku.

"Kamu sendirian hari ini, atau memang setiap hari sendiri begini?" tanyanya.

"Setiap pagi mama selalu menungguiku, sore kembali ke rumah untuk menyambut ayah pulang kantor, trus malamnya mereka berdua menungguiku di sini," jawabku.

"Wah, ayah dan ibumu pasti sayang sekali sama kamu, ya, sampai-sampai dibelain nginap di sini semua."

"Begitulah. Lagipula aku kan anak tunggal," sahutku .

Dia manggut-manggut. Kami cepat akrab karena Sasi suka sekali bercerita. Dia adalah penghuni kamar VIP sebelah Utara, tepatnya kamar Flamboyan No. 3. Sedangkan aku menempati kamar VIP sebelah Barat, kamar Kenanga No. 5.

Sasi gadis yang periang, berbeda denganku yang *moody*. Hampir setiap malam dia datang membawa suasana ceria untukku, karena kalau malam hari orang tuaku sering terlambat datang. Dan anehnya, dia selalu pamit sebelum ayah-ibuku datang. Selalu seperti itu, dia pamit, tak lama kemudian ayah dan ibuku datang.

"Aku pamit dulu, yah, udah malam aku ngantuk. Lagi pula sebentar lagi ayah-ibumu datang," pamitnya.

"Darimana kamu tahu ayah-ibuku sebentar lagi datang?" tanyaku penasaran, dia hanya mengerling nakal sambil tertawa lebar.

Sasi rajin membawakanku buku cerita Islami. Katanya, agar saat waktuku luang tidak kuhabiskan dengan melamun dan kesal karena tak ada teman. Dari dia aku belajar tentang banyak hal, mulai dari belajar mengatur waktu, belajar mengontrol emosi apabila ayah dan ibu terlambat datang, dan yang paling penting adalah belajar mengaji.

Ya, karena sejak kecil bila bila ibu menyuruh belajar ngaji di musala, aku selalu beralasan macam-macam. Beginilah jadinya.

Sasi termasuk sabar saat mengajariku mengaji, maklumlah aku susah sekali mengingat. Tak terasa kami telah bersahabat selama dua bulan lebih, rasanya kami sudah seperti saudara.

Apakah kami tak pernah marahan? Tentu pernah, karena aku yang *moody* dan manja lebih banyak merajuk. Namun

Sasi selalu pandai mengembalikan suasana jadi ceria kembali.

Dua bulan lebih aku di RS ini, ada banyak sekali perubahan. Ayah dan ibu sampai heran meski gembira, karena anaknya sudah tak *moody* lagi, jarang marah serta yang lebih penting adalah rajin salat dan mau mengaji. Terkadang terbersit keinginan ibu untuk mengenal Sasi dan mencari ke kamarnya, namun karena sudah malam, ibu mengurungkan niat. Bila pagi, siang dan sore, ibu sudah terlalu banyak urusan membuat keinginan itu selalu terlupa.

Setelah menjalani pemeriksaan menyeluruh, akhirnya aku diperbolehkan pulang, namun tetap melakukan rawat jalan. Saat seperti inilah rasanya berat untuk berpisah dengan sahabat yang dengan setia menemani hari-hariku.

Ketika ibu dipanggil ke ruang dokter untuk diberi penjelasan tentang hasil pemeriksaannya, aku minta izin untuk mencari Sasi, ingin berpamitan.

Ibu mengizinkan, aku langsung memacu kursi roda menuju kamar Sasi.

Untuk sampai ke kamar VIP, harus melewati taman yang cukup luas dengan air mancur di tengahnya. Aku harus memutar melalui koridor yang menghubungkan kamar VIP sebelah Barat dan Utara. Sampai di depan lobi sebelah Utara, sepi, perawat jaga tak ada. Aku terus mencari ruang Flamboyan. Setelah ketemu, aku mencari kamar No. 3.

Pintunya tertutup, aku mencoba mengetuk. Tak ada suara, jendelanya cukup tinggi, sehingga tak bisa mengintip ke dalam.

Seorang perawat mendekatiku.

"Cari siapa, dik?" tanyanya lembut.

"Saya mencari Sasi, anaknya seumuran dengan saya. Dia bilang kamarnya di Flamboyan No. 3," jawabku bersemangat.

Perawat itu terlihat kaget, lalu bertanya lagi.

"Emm ... ciri-cirinya seperti apa, Dik?"

"Dia suka mengenakan baju warna hijau dengan jilbab kaos lebar, wajahnya pucat tapi selalu tersenyum, kulitnya sawo matang dan ada tahi lalat di tengah alisnya," jawabku lagi sambil mengingat-ingat.

Perawat itu semakin terlihat kaget dan bingung, "Oh, dia ... Benar namanya Sasi, tapi ...." kalimatnya menggantung.

"Tapi apa, Suster?" tanyaku penasaran.

Perawat itu perlahan duduk di bangku yang ada di depan kamar Sasi, kemudian memandangku lekat-lekat.

"Emm .... Bagaimana, ya?" Perawat itu terlihat ragu-ragu sejenak sebelum akhirnya mengambil keputusan.

"Baiklah, saya akan cerita. Tapi kamu jangan kaget ya, Dik."

Hatiku agak berdebar mendengarnya.

Kemudian perawat itu bercerita, bahwa dua setengah bulan yang lalu, Sasi masuk RS ini dengan ditemani kakaknya. Penyakitnya sudah parah, jantungnya bocor. Kakaknya tidak bisa setiap hari menemani karena harus bekerja, namun semua fasilitas untuk adiknya tercinta berusaha dia penuhi, kamar VVIP, obat juga minta yang paling bagus, dokter juga harus yang terbaik untuk mengoperasi adiknya.

Namun tak ada yang pernah tahu jalan hidup manusia. Walau sudah diusahakan yang terbaik, Sasi memang tidak ditakdirkan berumur panjang. Akhirnya beberapa hari setelah dioperasi, dia menghembuskan napas yang terakhir.

Sasi meninggal dalam kesendirian. Dia meninggal dengan mengenakan mukena dan memegang tasbih, sepertinya baru selesai menunaikan salat magrib di atas tempat tidurnya.

Aku tercekat mendengar penjelasan itu, sedih rasanya membayangkan meninggal dalam sepi, sunyi.

Alarm dari kamarnya berbunyi tepat saat *ECG* menunjukkan garis lurus, dan ketika kami para perawat datang, dia sudah tak ada.

Tak terasa air mataku menetes membayangkannya sendirian setiap hari, sampai saat dia meninggal pun sendiri. Sangat jauh berbeda denganku. Aku yang selalu ditemani ibu kadang masih merasa ada saja yang kurang. Ayah dan ibu terlambat sedikit saja aku sudah marah.

Oh, apalah aku dibanding dirinya? Anak yang ceria di tengah kesedihannya, di tengah sakitnya. Tak pernah mengeluh, selalu baik dan menyenangkan.

Dia juga tak pernah mengeluh sakit. Selalu banyak cerita dan tawa bila berdekatan dengan dia. Ya Allah, apakah orang baik harus selalu mati muda karena memang Engkau lebih sayang padanya? Semoga dia mendapatkan tempat terbaik di sisi-Mu, Ya Robb.

Seperti teringat sesuatu, perawat itu mengajakku ke lobi depan. Ada yang ingin ditunjukkannya.

Dia menuju meja di belakang lobi, membuka lacinya, kemudian menyerahkan padaku. Sebuah tasbih.

"Bawalah, tasbih itu tertinggal ketika jenazahnya diambil oleh kakaknya. Anggap saja itu sebagai kenang-kenangan dari Sasi." Perawat itu berkata.

Aku mengangguk dan berterima kasih. Perawat menawarkan untuk mengantarku ke ruang dokter, namun aku menolak dengan halus. Aku ingin sendiri, menikmati kenanganku bersama Sasi selama perjalanan menuju ruang dokter.

Terlintas kembali kenangan bersama Sasi. Aku sadar, aku tak boleh terlalu lama bersedih. Bersama tasbih dari bahan kayu cendana itu aku bertekad untuk menjadi lebih baik dari sekarang. Demi Sang Penciptaku, demi orang tuaku juga demi sahabat sekaligus guruku, Sasi. Aku pasti bisa.

Twins!

Jantungku berdegup kencang dan tubuhku mendadak gemetar. Dalam pandanganku, yang terlihat hanyalah kabut putih menyelimuti padang gersang. Sepasang anak kembar—*lelaki dan perempuan*—bergandengan tangan saling menguatkan dengan wajah pucat pasi. Tak terasa peluhku bercucuran, dan seketika pandangan itu lenyap berganti dengan suasana tempat kosku yang sempit namun nyaman. Hari masih terlalu dini, namun mataku tak lagi bisa terpejam.

Kunyalakan televisi untuk melihat berita terbaru sambil menyiapkan sarapan dan bekal makan siang di kantor nanti. Terjadilah suatu kebetulan yang aneh! Pandanganku melihat lagi sepasang anak kembar itu bersamaan dengan pembawa berita yang menyampaikan kecelakaan tragis sebuah pesawat maskapai luar negeri.

Saat itulah aku melihat foto-foto penumpang pesawat beserta namanya dan, ya, anak kembar itu ada di sana. Antara perasaan ngeri dan kaget langsung kumatikan pesawat televisi lalu langsung berangkat ke kantor.

Sesampainya di kantor, perasaanku masih agak kacau. Entah darimana asalnya tiba-tiba aku bisa melihat anak kembar itu. Padahal tak ada hujan, tak ada badai, juga tak ada petir yang menyambarku. Mengapa tiba-tiba aku bisa melihat hal yang aneh?

Visualisasi dan bayangan-bayangan aneh itu akhirnya malah mendorong keberanian dan rasa penasaranku. Dan di sinilah aku sekarang, di depan laptop dengan koneksi internet lumayan lelet untuk mencari informasi tentang mereka.

Ternyata tak sulit mencari nama mereka karena keduanya adalah anak seorang konglomerat Inggris dengan gelar kehormatan "Sir".

Kutatap foto mereka dalam-dalam, tak ada yang aneh. Namun ada satu yang menggelitik dari beberapa informasi itu karena ternyata istri bangsawan Inggris tersebut tak bisa punya anak alias mandul.

Itu artinya, si kembar bukan anak kandung mereka. Pasangan super kaya tersebut mendapatkan mereka dari sebuah panti asuhan yang khusus menampung anak-anak berkebangsaan Jerman. Hampir setiap hari, sang istri menangis mengharapkan mereka kembali.

Pencarian korban pesawat yang jatuh itu masih berlangsung hingga dua minggu. Berbagai upaya telah dilakukan pemerintah dengan dibantu oleh negara-negara tetangga juga negara asal maskapai penerbangan tersebut. Namun karena pesawat tenggelam di kawasan Laut Jawa yang ombaknya tak dapat diprediksi, akhirnya pencarian dihentikan.

Si kembar termasuk dalam daftar hilang, dianggap telah hilang terbawa gelombang laut. Hal itu disampaikan pemerintah secara nasional dengan ucapan belasungkawa kepada keluarga korban.

Seakan ada yang berteriak dalam diriku, tolong jangan dihentikan. Aku merasa si kembar sedang mengawasi seluruh informasi ini dari suatu tempat, entah di mana.

*****

"Waiting for me, Mike." Sesosok gadis kecil berlari terengah-engah mengejar bocah lelaki di depannya.

"Hurry up, Michelle. We have to walk through the border, before they find us!" Lelaki kecil itu terus berjalan sambil mengamati GPS yang ada di tangannya.

"But, I need fresh air and sit for a minute, please ...." Si gadis kecil memohon dengan raut memelas sambil terduduk di tanah yang gersang. Lelaki kecil menoleh ke gadis yang wajahnya amat sangat mirip dengannya itu. Akhirnya ia mengalah.

"Okay, we'll sit here for a minute." Dia duduk di samping saudara perempuannya. Diletakkan peralatannya, juga tas kecilnya lalu menatap iba pada gadis kembaran dirinya yang tampak kelelahan.

"I just want to go out of this country. They will catch us when they really know about that accident. You know that, Michelle."

Si gadis kecil mengangguk. Mereka kembali berjalan sambil bergandengan tangan, di tengah padang gersang dengan kabut tipis yang tak pernah absen menyelimutinya.

Lelaki Hujan

"Pergi kau, anak sialan! Jangan pernah kembali lagi!" bentak ayahku.

Hatiku pedih, namun airmataku tak mengalir setitikpun. Hari itu langit ikut menangis, diikuti petir yang membahana. Aku menggigil kedinginan persis di tepi jalan berlumpur. Mataku kabur oleh air hujan yang menderas, tubuhku basah kuyup. Kakiku tak kuasa melangkah, aku terduduk di trotoar.

Entah sudah berapa lama aku terduduk, ketika tiba-tiba sebuah payung lebar melindungiku dari hujaman hujan. Tangan yang kokoh membantuku berdiri dan berjalan menuju Fortuner abu-abu metalik.

Sejak saat itulah hidupku berubah, aku bukanlah aku yang dulu. Dia benar-benar mengubahku menjadi wanita yang berbeda. Seorang gadis ingusan yang penakut, peragu dan juga sangat tidak percaya diri kini telah menjadi wanita yang tegas dan penuh wibawa. Seseorang yang bukan apa-apa berubah menjadi salah satu yang paling disegani di perusahaan. Hal yang tak berani kubayangkan sebelumnya.

Sebagai rasa terima kasihku pada Sang Penolong, hari-hariku selalu dipenuhi oleh bisnis dan perusahaan. Tak ada waktu untuk yang tak penting. Praktis yang ada dalam pikiranku saat ini hanyalah bisnis, perusahaan, dan dia.

Kami jarang bertemu karena dia orang penting, tak pernah ada waktu santai kecuali sudah ia agendakan sebelumnya. Namun meskipun telah sehebat itu kedudukannya, dia tak suka publikasi. Bahkan mungkin benar-benar benci. Dia pernah bilang bahwa publikasilah yang telah merenggut kedua orang tuanya.

Dia selalu datang saat hujan turun. Terkadang aku berpikir, apakah selain bisa mengubahku, dia juga bisa mengubah panas menjadi hujan? Pikiran yang konyol.

Kami selalu menikmati kebersamaan dalam genggaman hujan. Hujan yang selalu menyejukkan, hujan yang menciptakan tirai magis dunia di luar sana dengan dunia kami di sini. Ah, seandainya semua hari adalah hujan, mungkin aku akan bisa selalu bersamanya. Namun, itu pikiran konyol lagi, kan?

Seperti hari ini, aku duduk di teras bersama senja yang gerimis. Dia datang bersama senyum yang tak pernah lepas dari wajahnya. Wajah yang tak pernah bisa kuhapus dari pikiranku. Dia langsung duduk di sampingku dengan dua cangkir teh melati terhidang di antara kami.

"Kau selalu tahu kesukaanku, dan bagaimana kau tahu aku akan datang?" tanyanya dengan canda yang membuatku gemas. Aku hanya memandangnya, dan dia langsung terkekeh melihat raut mukaku yang sebal.

Sesaat kami terdiam, sambil menyesap teh melati dalam cangkir.

"Bolehkah aku bertanya satu hal?" tanyaku tanpa menoleh, namun aku tahu dia mengangguk.

"Mengapa kau menolongku?"

Dia memandangku agak lama, mengambil napas dalam-dalam untuk kemudian dikeluarkannya dengan perlahan.

"Karena saat itu aku bagai melihat diriku sendiri. Dulu ... dulu sekali," ucapnya pelan dengan mata menerawang jauh ke masa silam. Tirai itu hanya terbuka sedikit, dia pasti takkan mengijinkan orang lain melihat masa itu, dulu ... dulu sekali.

Aku hanya bisa melihat punggungnya menjauhiku ketika hujan reda. Ya, hujan telah usai. Usai pula pertemuan kami, selalu begitu. Kadang terselip dalam pikiranku, adakah dia seorang malaikat yang diturunkan bersama hujan?

Seandainya ia seorang malaikat, ia pasti tahu hatiku. Bagaimana rasanya melihat ia pergi, ketika hati menginginkan ia tinggal? Dan itu bisa jadi meringankan bebanku untuk menyampaikannya.

Ah, mungkin memang sudah kodrat manusia yang tak pernah bisa puas. Seharusnya aku bersyukur masih bisa merasakan kebersamaan dengannya walau hanya sesingkat gerimis. Walau tak ada kata yang terucap, aku tahu bahwa kami sudah terikat. Terikat oleh hujan. Hujan yang selalu mempertemukan kami.

Aku merasa dengan menunggunya di saat hujan, menyiapkan ritual minum teh melati bersama, itu sudah cukup sebagai pernyataan perasaanku. Biarlah waktu yang menuntunku pada takdir entah yang mana.

Saat ini, yang pasti, adalah kedatangannya bersama hujan yang kan selalu kutunggu. Lelaki hujan.

Sosok dalam Cermin

Keringat mulai muncul satu-persatu, badanku terasa bergetar dan menggigil. Rasanya aku ingin berteriak sekencangkencangnya dan berlari menjauhi cermin besar di hadapanku itu.

Cermin sialan! Aku benci cermin! Tapi apa daya, kakiku serasa dipaku kuat ke tanah. Aku hanya pasrah memandang cermin di toilet sekolahku itu.

Dalam cermin itu, tampak seorang remaja tanggung mengenakan seragam biru putih. Wajahnya oval dengan kulit kuning langsat dan tahi lalat di alis. Namun, senyumnya membuat aku bergidik ngeri, karena jelas-jelas saat ini aku tidak sedang tersenyum.

Kemudian sosok dalam cermin itu berkata, "Mengapa kau menghindariku, Ri?"

Mendengar itu, tenggorokanku tercekat. Tubuhku tak bisa lagi bertahan, dan semua memudar.

****

"Mama hanya sebentar sayang, kamu di rumah sama Mbok Ti, ya," ucap Mama sambil mengecup keningku. Aku hanya cemberut, tak menyahut. Karena memang aku tak suka ditinggal sendiri di rumah sebesar ini. Tapi Mama tetap saja berangkat.

Pagi yang amat membosankan bagiku. Padahal, ini hari libur. Aku paling benci sendirian.

Sejak peristiwa satu tahun yang lalu itu kami semua berubah. Papa, Mama, dan kakakku Dayat juga aku, tak pernah lagi bisa tertawa bersama. Papa dan Mama menyibukkan diri dengan pekerjaannya, kak Dayat sibuk dengan kuliahnya. Praktis, tinggal aku dan Mbok Ti sebagai penjaga rumah plus teman setia berupa kesepian.

"Assalaamualaikum, Tuan Putri." Tepukan di bahu dan salam Kak Dayat membuyarkan lamunanku.

"Waalaikumussalaam. Kok tumben udah pulang?" sahutku dengan sedikit cemberut.

"Bukankah Tuan Putri lagi libur, jadi hamba ingin menemani Tuan Putri yang kelihatannya kesepian terus," ucapnya menirukan prajurit kerajaan yang patuh pada tuannya.

Aku hampir tertawa melihatnya. Ternyata kakakku tidak berubah, masih bisa membuatku tersenyum.

"Oh, jadi engkau mau menemaniku kemana saja yang aku mau?" tanyaku bak seorang putri sungguhan.

"*Sendiko dhawuh*, Gusti Putri." Jawabnya dengan mimik yang lucu. Tawa kami meledak bersama.

Seharian kami benar-benar melewatkan hari dengan penuh tawa, seperti dulu sebelum peristiwa mengerikan itu terjadi.

Ternyata lelah juga. Kami memutuskan beristirahat di taman belakang. Mbok Ti menyediakan jus buah dan camilan di bangku tempat kami duduk. Pohon flamboyan menjadi peneduh kami.

"Apa yang paling kamu inginkan saat ini, Ri?" tanya Kak Dayat sambil memandang kolam yang penuh dengan ikan koi.

"Aku ingin melupakan masa lalu, Kak. Aku ingin melupakan kejadian yang menyedihkan itu," jawabku sambil menatap kosong ke langit biru.

"Aha! Aku ada ide," katanya sambil menunjukkan wajah yang tengil. Dia berlari ke dalam rumah. Aku hanya bisa memandang dengan bingung. Ternyata kemudian bencana itu datang.

Kak Dayat kembali dengan sebuah cermin besar yang biasanya tergantung di samping toilet dekat dapur. Tubuhku bergetar, menggigil, dan tanpa sadar aku berteriak, kemudian semuanya hitam.

Ketika siuman, aku telah berada dalam kamar.

"Riana, kamu tidak apa-apa?" tanya Kak Dayat dengan raut muka cemas.

Aku mengangguk lemah.

"Maafkan kakak, ya. Kakak sudah jarang memperhatikanmu lagi sampai-sampai tidak menyadari ketakutanmu pada cermin."

Aku kembali mengangguk.

"Ada apa, Ri? Mbok Ti bilang, sering melihatmu berlari tanpa menoleh jika lewat di depan cermin. Juga kerap memergokimu berusaha sebisa mungkin menghindar bahkan tidak mau lewat di depan cermin. Di kamarmu juga tak ada satupun cermin. Ada yang salahkah, Ri? Apakah kamu mau cerita?" Tanya kak Dayat hati-hati

"Apakah kakak akan percaya ceritaku?" tanyaku ragu. Tapi Kak Dayat langsung mengangguk mantap.

Setelah menghirup napas agak panjang, mulailah cerita itu mengalir dari mulutku. Cerita yang selama ini aku pendam sendiri. Cerita tentang sosok dalam cermin yang mirip denganku, yang selalu bertanya mengapa aku menghindar darinya.

"Apakah itu, Diana?" tanya kak Dayat menebak. Aku mengangguk.

"Sejak kapan hal itu terjadi, Ri?"

"Kalau tidak salah seminggu atau dua minggu setelah kejadian itu. Aku lupa kapan tepatnya, Kak," sahutku.

"Apakah ada sesuatu di antara kalian? Atau sebelum kecelakaan itu kalian berjanji tentang sesuatu atau apapun yang mungkin masih belum terpenuhi sehingga jiwanya tak bisa tenang?" Kak Dayat mencoba menganalisis.

"Sepertinya tak ada, Kak."

"Coba ingat-ingatlah lagi," desak Kak Dayat.

Ingatanku kembali pada hari ketika kecelakaan itu terjadi. Kami begitu bahagia. Saat itu adalah liburan kenaikan kelas. Akhir pekan yang bertepatan dengan hari libur kantor Papa dan Mama. Kami mengisi liburan bersama dengan berkeliling kota. Kak Dayat duduk sebagai navigator Papa. Mama duduk di tengah antara aku dan Diana-saudara kembarku.

Kami berdua adalah kembar identik. Sekilas tak akan ada yang bisa membedakan kami kecuali tahi lalat yang melekat di wajah. Tahi lalatku ada di tengah alis, sedangkan Diana ada di hidung.

Setelah puas berkeliling, kami pulang dengan hati gembira. Hingga sampai di sebuah jalan layang, tragedi itu terjadi. Sebuah truk yang membawa muatan galon air melaju kencang di belakang dan menyalip, namun ternyata muncul truk pasir dari arah depan. Terkejut, si sopir galon mengarahkan setir ke kiri sehingga menyenggol bemper belakang mobil kami. Mobil oleng dan menabrak pagar pembatas jalan sebelah kiri.

Semuanya berlangsung begitu cepat. Saat kami semua sadar. Diana sudah tak bernapas. Tubuhnya terjepit karena dia duduk di sebelah kiri.

Satu-satunya hal yang hingga saat ini aku sesali adalah karena saat itu aku meluluskan permintaannya untuk duduk di sebelah kiri. Kalau saja aku menolak permintaannya, mungkin dia sekarang masih hidup. Air mataku menetes bila ingat hal itu.

"Sudahlah, jangan selalu menyalahkan diri sendiri. Kakak tahu, kamu pasti mengingat peristiwa itu lagi," hiburnya dengan lembut.

"Semuanya adalah takdir Allah, Ri. Rezeki, jodoh dan mati sudah ditentukan jauh sebelum kita dilahirkan."

"Emmm ... kalau menurut kakak sih, lebih baik kamu hadapi kenyataan yang ada. Kamu harus berani menghadapi sosok dalam cermin itu," lanjut Kak Dayat.

Kuresapi kata-kata kak Dayat. Bila dipikir-pikir, aku memang harus berani menghadapi sosok itu. Bukankah dia tak pernah menyakitiku? Mengapa aku harus takut? Ah, betapa bodohnya aku selama ini karena terlalu takut dengan sesuatu yang belum tentu terjadi. Aku takut dengan bayanganku sendiri. Ah ....

"Baiklah, Kak, aku akan berusaha menghadapinya."

"Perlukah kutemani?" Kak Dayat mencoba untuk menawarkan bantuan.

Aku menggeleng mantap.

Setelah merasa tubuhku bugar kembali, aku meminta Kak Dayat untuk meletakkan cermin yang sempat aku ungsikan ke loteng. Kini aku telah duduk manis di depan cermin besar yang sengaja tidak kugantung, dan menunggu.

Akhirnya dia muncul. Kali ini aku benar-benar menatapnya, tak lagi mencari cara untuk menghindarinya.

"Riana, apa kabar?" sapa sosok dalam cermin itu.

"Kabar baik, semoga kau juga, Di," sahutku.

Tak lama kemudian kami sudah larut dalam percakapan layaknya dulu saat kami masih bersama.

"Ingatkah dulu, saat kita berjanji di taman?" tanya Diana

Aku mengangguk.

"Kita berjanji akan bersama sehidup-semati."

"Kau sadar akan arti janji itu, Ri?"

Aku mengangguk lagi.

"Apakah kau mau melakukannya, saat ini?" tuntutnya.

Aku berpikir sejenak, kemudian mengangguk mantap.

"Terima kasih, Ri," kata Diana lagi. "Kalau begitu, tunggu apa lagi? Lekas tempelkan telapak tanganmu ke cermin. Kita akan memulai perjalanan bersama lagi, kali ini untuk selamanya. Kamu siap?"

Aku mengangguk dan melakukan seperti apa yang dia bilang.

Saat telapak tanganku menempel ke cermin, tubuhku serasa direnggut dengan kuat dari tempat duduk. Ringan, tubuhku melayang-layang dalam lautan cahaya yang amat menyilaukan. Sesaat kemudian, kulihat sosok yang amat kukenal, berpakaian serba putih dengan tangan terbuka lebar menyongsongku. Diana.

***

"Ri, boleh aku masuk?" ucap Kak Dayat.

Diketuknya pintu kamar Riana sekali lagi, terdengar sahutan dari dalam mempersilakannya masuk.

"Bagaimana pertemuannya, Ri?"

"Sukses, Kak. Aku akhirnya bisa berdamai dengan masa lalu. Terima kasih ya, Kak," ucapnya ceria. Dayat agak terkejut, ia merasa seperti ada yang berubah dengan Riana meski entah apa.

"Syukurlah, aku ikut senang. Kau sudah tidak takut lagi, kan? Istirahatlah. Kakak juga ingin tidur, sudah malam." Dayat kemudian berjalan menuju pintu.

Saat melewati depan cermin, dia seperti mendengar sayup-sayup suara yang memanggilnya. Seperti suara Riana. Dia langsung menoleh ke arah Riana.

"Kau memanggilku, Ri?"

Yang ditanya hanya menggelengkan kepala.

Dayat diam sesaat, kemudian memutuskan untuk keluar kamar.

Setelah pintu ditutup, terlihat senyum kemenangan tersungging dari gadis dengan tahi lalat di hidung itu. Kemudian dia beranjak tidur.

Selamat Jalan, Rima

"Aku capek, aku lelah," ucapmu melalui sorot mata. Namun sepertinya mereka tak mendengar. Penonton semakin riuh dan suasana kian hingar-bingar.

Tiba-tiba dia jatuh di depanku dengan mata melotot. Tak ada napas, bersamaan dengan jiwa yang lepas.

Aku hanya menyeringai melihat jiwanya melayang-layang sejenak sebelum akhirnya menghilang.

***

"Rima, kau ada acara malam ini?"

Dia menggeleng sambil terus menghisap rokok.

"Ada apa kok tanya seperti itu, Van?" selidik Rima. Aku sendiri hanya mengamati dua sejoli itu dari jauh.

"Ah, enggak. Aku hanya ingin mengajakmu jalan-jalan, sepertinya kita sudah lama tidak pergi berdua."

"Okay. Aku ganti dulu, ya."

Mereka berdua pergi entah kemana, sepertinya menyenangkan. Tinggallah aku sendiri di rumah kontrakan berukuran 6x6 m ini. Malas rasanya mau bergerak, akhirnya aku memutuskan untuk tidur.

Aku terbangun karena suara yang terlalu berisik. Itu sepertinya teriakan Rima. Revan pasti sudah pulang karena yang kutahu, Rima tak pernah berteriak bila bersama dia. Pasti lelaki tua itulah yang saat ini bersama Rima di ranjang.

Teriakan-teriakan panjang dan sepertinya nikmat itu berulang hingga lima kali, kemudian senyap.

Setengah jam kemudian, aku mendengar isak tangis. Suara-suara itu lirih, namun aku masih bisa mendengarnya cukup jelas.

"Kau tahu aku tak bisa melakukannya, Rima."

"Tapi, Om, kau pernah berjanji, akan menikahiku."

"Kau pasti salah dengar, karena seingatku, aku tak pernah berjanji seperti itu. Apalagi kedudukanku sebagai Anggota Dewan Yang Terhormat tak memungkinkan untuk menikahi penyanyi kelas kampung seperti dirimu."

"Tega sekali Om bicara seperti itu."

"Lho, kan memang kenyataannya seperti itu. Kau adalah penyanyi dangdut sekaligus penari ular kelas kampung."

"Cukup, Om, cukup sampai di sini penghinaanmu. Aku tak akan pernah lagi mengemis cintamu. Tapi jangan harap kau akan selamat, Om. Tunggu pembalasanku."

Pintu kamar terbuka, kulihat raut muka lelaki tua itu gusar. Dia keluar dengan terburu-buru. Rima muncul dari kamar dengan wajah penuh dendam.

***

Hari-hari berlalu tak seperti biasanya, instingku mengatakan bahwa Rima sedang dalam bahaya. Setiap kali selesai manggung, sepertinya ada yang menguntit kami.

Saat di rumah pun serasa ada yang mengawasi dari luar.

Aku tak tenang, namun Rima tampak santai-santai saja bahkan terlalu tenang menjalani hidup. Satu-satunya yang berubah dari kebiasaannya hanyalah dia lebih sering bermain dengan *gadget*, dia sudah jarang mengajakku bicara seperti dulu. Dan sepertinya, dengan *gadget* itu dia telah bermain-main dengan bahaya!

Menurut instingku yang kerap tak meleset itu, Rima menggunakan *gadget* tersebut untuk membuktikan ancamannya pada Si Tua Bangka. Rima belum sadar bahayanya bermain-main dengan anggota dewan kawakan seperti dia.

***

Malam ini acara digelar sangat meriah. Bisa dimaklumi karena yang punya hajat adalah orang terkaya di seantero wilayah. Dia minta kami sebagai pengisi acara untuki beraksi semalam suntuk.

Sudah terbayang, uang yang kami dapat pasti besar sekali. Rima sudah bersiap sejak pagi untuk acara ini. Dia juga mempersiapkan segala kebutuhanku, termasuk makanan. Namun pada siang harinya kami mendapat kabar bahwa pawang ular langganan kami sakit, dan secara kebetulan pula sang pemilik acara mau menyediakan pawang ular lainnya. Tentu saja sekaligus mengajak beberapa ular mainannya.

Aku mulai merasa tak enak. Ini sepertinya firasat. Ah, entahlah. Kulihat Rima oke-oke saja, aku berusaha menghilangkan pikiran buruk yang menyangkut di kepalaku.

***

Beberapa penyanyi sudah menampilkan performa terbaiknya yang dimiliki mereka hingga akhirnya tiba giliran Rima untuk naik ke pentas utama.

Lagu demi lagu terus didendangkan, Rima juga masih asyik menari denganku ketika musik mendadak berubah dan kedudukanku digantikan oleh anak buah si pawang baru.

Aku tak bisa menolak, mereka mencengkeram leherku. Inikah saatnya? Batinku was-was. Aku ingin berteriak, tapi percuma. Aku berusaha meronta dan terus meronta sebisanya.

Rima sepertinya sadar akan sesuatu dengan melihat tingkahku. Namun ia juga tak kuasa menolak. Kulihat sekilas wajahnya yang memucat demi melihat King Cobra penggantiku yang matanya menatap tajam ke arah Rima serta seringai licik mengembang di bibirnya.

Pada lagu ketiga sejak digantinya diriku itulah mendadak King Cobra memagut Rima tepat di bagian paha.

Lima belas menit berlalu, King Cobra itu tak mau melepaskan gigitan. Aku berontak. Namun sia-sia, kandang ini menghalangiku.

Setelah aksi gigitan itu, tak ada yang berinisiatif untuk membebat luka Rima. Dia pun masih berusaha menuntaskan tugas menyanyi hingga 30 menit kemudian. Rasanya aku ingin menggigit semua orang, biar mereka merasakan sakit yang dia rasakan. Rima, bertahanlah.

Akhirnya lagu tugasnya selesai, Rima turun panggung, saat itulah kulihat wajahnya teramat pucat. Belum sampai dua jenjang anak tangga, tubuhnya melayang jatuh. Rima jatuh tepat di depanku dengan mata melotot. Tak ada lagi napas, bersamaan dengan jiwanya yang lepas.

Aku berteriak sekuat tenaga.

Semua orang kalang kabut, mereka sibuk dengan kematian Rima. Tak ada yang memperhatikanku, yang mulai keluar dari kandang setelah sebelumnya berhasil kudobrak dengan paksa.

Pelan, aku harus melakukannya dengan pelan.

Kuikuti jejak si tua bangka itu, yang sekilas saat manggung tadi kulihat mobilnya ada di parkiran. Walau dia telah pergi jauh, aku masih bisa mencium baunya. Aku masih sangat hafal bau itu.

Bau itu berakhir di sebuah rumah mewah dengan taman yang amat menyenangkan. Aku bisa bersembunyi di mana saja. Kukelilingi rumah itu untuk mencari celah masuk. Aku melintasi pagar rumah yang bersulur, ternyata itu menuju taman belakang yang mengitari kolam renang. Asyik ada air, rasanya aku ingin berendam.

Ketika tubuhku telah sepenuhnya masuk ke dalam air, kudengar suara seseorang mendekat.

"Bagaimana, berhasil?" ujar si tua bangka pada orang di seberang telepon.

"Oh, baiklah, harus serapi mungkin, jangan sampai ada yang tahu," ucapnya lagi.

Telpon ditutup, dia kemudian duduk sejenak di pinggir kolam.

Inilah saat yang tepat, pikirku.

Perlahan aku keluar dari air. Dia masih belum menyadari.

Ketika akhirnya dia sadar ada aku di sampingnya, itu sudah amat telambat, aku telah mencapai lehernya. Dia sama sekali tak sempat berteriak.

Kulihat matanya mendelik ngeri. Kuhitung tepat 15 menit, sama seperti King Cobra itu menggigit Rima, baru aku lepas gigitanku.

Selamat tinggal, tua bangka. Selamat jalan, Rima.

Malam Ketika Dia Menembak Dirinya

"Bunga matahari hanya bisa menjerit lemah ketika menyadari makhluk mengerikan itu telah memusnahkan kaumnya, dan dia adalah yang terakhir. Kegelapan merayap, ketakutan telah sirna menyisakan hanya pasrah. Tapi tidak, bunga matahari belum mau menyerah. Dia merontokkan semua mahkota bunga bahkan hingga daun dan bijinya, karena dia tahu makhluk itu tak akan mau makan sesuatu yang telah jatuh ke tanah. "Sekarang kau boleh memakanku sesuka hatimu," ujar bunga matahari dengan senyum penuh kemenangan. Dan makhluk mengerikan itu benar-benar menerkamnya dengan garang."

Pak Wani berhenti sejenak untuk mengamati ekspresi kami.

"Sampai di sini dulu kisahnya, semoga besok bisa berlanjut dengan kisah yang lebih seru. Jangan lupa, minggu depan ada Festival Mendongeng. Saya harap kalian menyiapkan satu dongeng yang benar-benar kalian sukai dan pahami."

Teman-teman bergegas pulang, kelas telah sepi. Pak Wani memandangku, dia tahu benakku selalu menyimpan banyak tanya setiap kali sesi dongeng selesai. Tapi anehnya, sesi tanya-jawab memang sengaja ditiadakan. Kecuali khusus terhadap diriku.

"Kali ini apa, Ge?" Pertanyaan yang sungguh klise dari lelaki tua berkacamata itu, lembut namun menuntut.

"Mengapa makhluk itu memilih bunga matahari, Pak, bukankah di taman itu banyak bunga yang lain?"

Pak Wani cukup lama menatapku.

"Kau tahu bunga matahari melambangkan apa, Ge?"

Aku menggeleng.

"Keceriaan, kegembiraan juga kesetiaan. Dan makhluk itu amat membenci semuanya."

Pak Wani mendekatiku.

"Kau berhak menjadi apapun yang kau mau, Ge," ucapnya dengan tangan mengusap wajahku.

***

Festival Mendongeng itu berjalan lancar, kami sebagai murid kelas mendongeng mendapatkan kesempatan untuk tampil. Seandainya Mama dan Ga bisa ikut, pasti akan sangat menyenangkan. Tapi kesehatan Ga selalu bermasalah, Mama pasti tak akan tega membawanya keluar rumah.

Kuselesaikan santap siang lebih cepat. Pak Wani bilang, aku harus menemuinya di Ruang Pertemuan dalam Gedung Perpustakaan Daerah ini selekasnya aku menghabiskan isi kotak bekalku.

Kuayunkan langkah ke dalam gedung tua yang belum kehilangan keanggunannya meski telah mengalami renovasi berkali-kali ini. Bau apak bercampur aroma kertas tua semakin mengokohkan betapa umur gedung bahkan jauh lebih lampau ketimbang usia kakekku.

Petugas di lobi hanya mengatakan bahwa Ruang Pertemuan ada di ujung lorong, membuatku terpaku karena ruangan di sebelah kanan dan kiriku semuanya tertulis sebagai Ruang Pertemuan di pintunya.

Secara untung-untungan kuputuskan untuk memilih pintu sebelah kanan. Kuketuk hingga tiga kali, tak ada jawaban. Sebenarnya memang tak ada instruksi untuk mengetuk pintu terlebih dahulu. Petugas lobi malah menyarankan untuk langsung masuk. Hanya saja aku melakukannya demi adab dan kesantunan.

Kucoba mendorong pintu dengan kekuatan maksimal bocah sepuluh tahun. Berhasil. Sayangnya, aku tidak menyadari bahwa apa yang ada di balik pintu akan menjadi titik balik kehidupanku. Dari balik pintu kulihat percikan berwarna merah pekat menghiasi dinding, lantai digenangi cairan lengket amis bersama pemandangan tubuh dan kepala penuh lubang bertebaran memenuhi ruangan. Wajah-wajah penuh ketakutan, mungkin juga kesakitan.

Kudengar jerit di ujung terjauh dalam kepalaku, sebelum akhirnya aku rubuh.

Bukan pingsan. Aku masih sadar ketika orang-orang berlari mendekatiku. Semua tak ubahnya fragmen film kuno yang bergerak tanpa suara serta dengan adegan-adegan monokrom, sebelum Pak Wani datang.

"Kau berhak menjadi apapun yang kau mau, meski seburuk apapun yang kau dengar dan lihat," bisik mentor mendongeng itu sambil mengusap wajahku.

Beliau menuntunku menuju Ruang Pertemuan di seberang ruang neraka tadi, sebelum segalanya perlahan mengabut.

***

Malam ini begitu mencekam. Petugas klub mendongeng menjemputku untuk urusan yang disebutnya sebagai amat penting dan berhubungan dengan lingkaran B1.

Mama tidak mengizinkan. Curiga karena tidak biasanya klub menjemput pada malam hari. Namun mereka memaksa, bahkan jika perlu, akan menggunakan kekerasan.

Di tengah situasi yang mulai meruncing, tiba-tiba muncul Ga dari dalam kamar, berdandan persis denganku.

"Ma, izinkan aku pergi."

Mama bingung. Dia memandang Ga dan aku secara bergantian. Si petugas dari klub mendongeng apalagi, tak menyangka selama ini aku punya saudara kembar.

Ga begitu tenang, berbisik di telingaku, "Kau telah menunaikan tugasmu dengan baik, sekarang giliranku, Ge. Karena aku tahu permainan akan semakin berbahaya."

"Tapi, Ga ...." Telunjuknya menutup mulut mungilku. Sejak dulu, jika Ga telah memutuskan sesuatu aku hanya bisa mengiyakan. Ga tak pernah bisa dilawan, Mama sekalipun.

Aku hanya bisa memandang mereka pergi, rasanya seperti ada yang dicabut paksa dalam diriku. Sepertinya aku tak akan bisa bertemu dengannya lagi.

* * *

Kalau memang benar itu dia, pasti akan datang. Dua dasawarsa tak akan mampu menggerus darah yang sama. Darah tetaplah darah, tetap kental dan akan terus mengalir mencari aliran yang sama.

Ternyata aku terlambat. Sudah ada jasad di sana dan secarik kertas bertuliskan, "Jangan pernah mencariku karena jika misiku telah selesai, aku sendiri yang akan pulang."

Aku berteriak, marah dan sedih. Marah karena aku gagal mencegahnya, sedih mengapa dia berubah menjadi monster yang mengerikan.

* * *

Kini aku benar-benar tak boleh gagal. Salah satu Pimpinan Atase Kebudayaan incarannya telah berada dalam perlindunganku. Kaki dan tangannya pura-pura aku ikat.

Terdengar langkah kaki mendekat, kusiapkan senjataku.

Wajah itu, yang selalu memenuhi mimpiku, kini benar-benar hadir di hadapanku.

Pimpinan Atase Kebudayaan hanya bisa melenggong melihat kemiripan kami. Dua orang di hadapannya ini hanya berbeda potongan rambut dan model pakaian yang dikenakan.

Ga menatapku. "Jangan coba-coba menghalangiku ...."

Aku hanya menatapnya. Diam namun dengan kewaspadaan yang terus meningkat.

Mungkin menganggap kami lengah, Pimpinan Atase Kebudayaan bergerak cepat, dan ....

Pistol di tangan Ga menelan korban.

"Kau selalu ceroboh, Ge. Orang licik seperti dia kau beri kesempatan."

Aku diam, aku memang salah. Aku selalu berpikir positif pada semua orang.

"Apa kau pikir aku melakukan semua ini hanya demi kesenangan semata? Kau salah besar. Kalau memang itu yang ada di pikiranmu, kau tak pernah memahami aku. Atau, kau sudah tak menganggapku lagi?"

Ga pergi begitu saja. Mama, maafkan aku yang belum bisa membawanya kembali.

kau ingin tahu, mengapa aku
melakukan semua itu?
aku hanya ingin dunia tahu
bahwa inilah kematian, sebenarnya kematian

bahwa aku bisa membawa neraka
aku bisa menyajikan cerita duka

bersama segelas susu
dan sekerat roti di pagi baru

tulislah nanti dalam sepotong hujan
bahwa aku tak menyesal
bahwa sebenarnya telah banyak orang-orang durjana
yang kubawakan piring kematian

Entah bisa dikatakan sajak atau sekadar coretan tangan, secarik kertas itu tiba-tiba ada di atas tumpukan kertas kerjaku.

Aku tahu, Ga, aku tahu maksudmu. Tapi bukan begini caranya.

***

Podium itu telah sepi, seorang gubernur baru saja diangkut ambulans. Tulang belikatnya tertembus peluru.

Aku tahu bahwa dia telah semakin dekat dengan tujuan. Barangkali sebentar lagi lingkaran dalam orang nomor satu negeri ini akan diobrak-abrik olehnya.

Suara kunci pelatuk ditarik membuatku tersadar dari lamunan panjang. Terlambat, moncong Glock 17 tahu-tahu melekat erat di dahiku

"Kau masih belum memahamiku rupanya, Ge."

Kubalikkan badan, menatapnya, tepat di manik mata. Dingin moncong Glock 17 yang semakin tandas di dahi tak sedikitpun menyurutkan tekadku.

Kemana saja aku selama ini? Dengan menatap matanya saja aku sudah tahu, betapa banyak beban yang ditanggungnya. Dan saat ini, aku yakin dia merasa bertanggung jawab atas segalanya. Tak bisakah kau berbagi sedikit saja beban itu denganku, Ga?

Kami masih hanya saling pandang, dia pasti mengerti apa yang kupikirkan.

"Masih ingatkah kau, Ga, malam ketika Mama ketakutan melihat kita berdandan sama persis? Lebih tepatnya, kau berdandan menyerupaiku."

Matanya hanya mengerjap sekejap.

"Apakah kau tahu, mengapa Mama takut?"

Dia kembali mengerjap.

"Karena Mama tahu, itulah saat dia akan kehilangan salah satu dari kita. Dan terkutuklah malam itu, karena kau benar tidak pernah kembali."

Aku menatap matanya sekali lagi. Moncong Glock 17 masih menyengat dahiku, namun aku sama sekali tak merasa takut. Pistol yang sedari tadi kugenggam sengaja kujatuhkan.

Ga terus menatapku tanpa kata. kuberanikan diri mengusap wajahnya sambil berkata lirih, "Kau berhak menjadi apapun yang kau mau, Ga."

Ga seperti baru tersadar dari tidur panjang.

"Mengapa?" tanyanya dengan bola mata memburam.

"Itu yang dilakukan Pak Wani padaku setiap kali selesai sesi mendongeng, juga setelah peristiwa pertemuan berdarah itu." ucapku lembut.

"Terima kasih .... " Ga tergugu, berbarengan dengan jarinya menarik pelatuk maut Glock 17.

Aku berteriak. Sakit. Luka.

Tubuhnya jatuh berdebum di lantai yang dingin.

"Bukan akhir seperti ini yang kau mau, kan? Bangun, Ga, bangun ...!"

Tangisku pecah. Mungkin benar bahwa malam ini dia telah menembak dirinya sendiri. Tapi ternyata, akulah yang mati.

Lelaki di Balik Jendela

Aku melihatnya setiap malam, berdiri di balik jendela. Menatap jalanan dengan pandangan lurus yang sepertinya tanpa kerjap. Tirai jendela tersebut hanya terbuka separuh. Dari jauh, wajahnya tampak pucat dan tak ada senyum.

Setiap malam selalu seperti itu, tak ada yang berubah. Sampai-sampai posisinya pun sama. Kalau kuhitung-hitung dia termasuk orang yang kuat berdiri lama. Tepat dua jam dia berdiri mematung di jendela itu. Dan seperti ada yang memanggil, dia menoleh ke belakang sebentar, kemudian menutup jendela dengan terburu-buru. Selalu seperti itu, setiap malam.

Lama-kelamaan aku terbiasa dengan pemandangan itu. Hingga bila sehari saja ia tidak muncul, seperti ada yang hilang dalam hatiku. Seperti hari ini, sudah hampir seminggu aku tak menjumpainya di jendela itu.

"Kau merindukannya?" ucap suara dalam kepalaku

Aku hanya bisa tertawa.

"Rindu? Kenal saja enggak, gimana bisa rindu? Bukankah tak kenal maka tak sayang, dan tak sayang maka tak rindu?" jawabku dalam hati sambil tertawa sendiri.

"Mengapa tak kau coba untuk mengenalnya?" tanya suara itu lagi

"Bagaimana caranya?" jawabku lagi

"Datangi saja dia, mungkin dia sakit atau mungkin dia lelah."

"Hhhhh …. Kalau aku datang ke sana, aku mau mencari siapa? Aku kan tak tahu namanya?"

"Ah, kau ini. Langsung saja pergi ke sana, pikir sambil jalan nanti. Biasanya ide muncul menjelang detik-detik terakhir."

"Oh, begitu?" tanyaku polos.

"Memang biasanya seperti itu," ucapnya lagi.

***

Karena rasa penasaranku semakin besar, akhirnya kuputuskan untuk mengunjungi dia. Aku yakin ini bukan rindu antar lawan jenis, karena jelas-jelas kami berjenis kelamin sama, laki-laki. Dan yang pasti, aku bukan termasuk dalam barisan LGBT. Namun entahlah, aku merasa seperti ada ikatan batin di antara kami.

Malam ini aku sudah bersiap untuk menemuinya, kulangkahkan kaki dengan mantap menuju rumahnya. Tapi sepertinya ada yang tak biasa. Ketika aku telah mencapai pagar, halaman depan rumahnya dipenuhi orang yang duduk berjajar. Bendera putih terpasang di dekat pagar.

Siapa yang meninggal? batinku.

Kulirik jendela di lantai dua tempat dia biasa berdiri mematung.

Kosong.

Aku semakin masuk ke dalam, dan di dalam rumahnya kulihat tubuh yang ditutup selembar kain batik berwarna cokelat gelap.

Aku tak bisa melihat wajah jenazah. Pula rasanya tidak sopan bila kubuka kain batik itu, karena aku sama sekali tak mengenal orang-orang di sekitar jenazah. Kucari lagi wajah yang biasa kulihat di balik jendela itu. Tetap tak ada.

Jenazah akhirnya dimakamkan malam itu juga, karena menurut agama Islam, semakin cepat dimakamkan semakin baik. Aku memutuskan untuk mengikuti pemakaman, karena tetap di rumah itu dan menanyakan tentang lelaki di balik jendela adalah tindakan yang sangat tidak sopan. Mereka sedang berkabung.

Komplek pemakaman itu telah sepi. Aku mendekati nisan untuk membaca nama siapakah yang meninggal.

Lampu jalan menerangi sebagian komplek pemakaman. Dan itu lebih dari cukup bagiku untuk membaca tulisan di nisan.

Tapi membaca tulisan di nisan membuatku hanya bisa melongo. Kukucek mataku untuk ketiga kalinya, tetap sama.

Nama yang tertera di sana ternyata namaku sendiri!

Tentang Penulis

Nisrina Sri Susilaningrum, lahir di Banyuwangi. Puisi dan cerpennya banyak tersebar di platform media serta telah diterbitkan di berbagai komunitas kepenulisan, termasuk Kumpulan *Cerita Dayat* bersama Pidi Baiq & Rumpies The Club (DAR! Mizan, 2017) dan *Sundul Langit* (Diva Press, 2018) yang merupakan seri ke-4 Pesantren Menulis-Purwokerto.

Saat ini, alumnus Fakultas Hukum Universitas Negeri Jember ini tengah berfokus untuk menyelesaikan beberapa novel bergenre *psycothriller* sekaligus di sela kesibukannya pada sebuah yayasan sosial dan pendidikan ibukota.